KB082266

김민정
https://brunch.co.kr/@sweet131
연예가중계 영화가좋다 등 다수 프로그램 경력의 방송작가.
서강대학교 언론대학원 영상 전공
아메리카노와 함께 영화 문화 예술을 얘기하는 삶.
그리고, 언제나 기도하는 가톨릭 신자, stella.

발 행 | 2019-10-15
저 자 | 김민정
사 진 | 김민정, 이지윤, 가톨릭평화방송여행사
펴낸이 | 한건희
펴낸곳 | 주식회사 부크크
출판사등록 | 2014.07.15(제2014-16호)
주 소 | 서울 금천구 가산디지털1로 119, A동 305호
전 화 | 1670 - 8316
이메일 | info@bookk.co.kr

ISBN | 979-11-272-8484-8
본 책은 브런치 POD 출판물입니다.
https://brunch.co.kr

# 이제,
# 이스라엘
# 갈까봐요

김민정 지음

# CONTENT

3

------------------ 예루살렘 지역 ------------------

* 혼자라는 생각이 들지 않게 내가 너의 손 잡아줄게
                              / 세례터, 사해, 이스라엘 음식
* 다시 서는 저 들판에서 움켜쥔 뜨거운 흙이여 / 광야에서
* 그 무엇도 우릴 막을 수 없어 / 예리코, 착한 목자 성당
* 혼자가 아닌 나 / 예루살렘 입성 기념 성당, 주님 승천 경당
* 내 눈을 뜨게 하소서 / 주님의 기도 성당, 주님 눈물 성당
* 나와 함께 해 주세요 / 겟세마니
* 언젠가 알게 되는 진실 / 거룩한 무덤 성당
* 너는 내가 되고 나도 니가 될 수 있었던
                              / 베드로 통곡 성당, 최후의 만찬 기념 성당
* 그리워하면 언젠가 만나게 되는 / 십자가의 길
* 은총이 가득한 당신, 기뻐하소서
                              / 성안나 성당, 최후의 만찬 다락방, 성모영면성당


* 순례를 마치며, 감사하고 사랑합니다

거룩한 땅, 약속의 땅
다양한 이름으로 불리는 이스라엘에 대해
막연한 호기심만 있던 때,
성지순례를 가게 되었고,
그 곳이 전해주는 행복, 기쁨, 사랑을 느끼고 왔습니다.

이스라엘이란 나라에 가면,
종교를 떠나 누구든 따뜻한 메시지를 만날 수 있다는 걸
전하고 싶었습니다.
삶의 소중함, 함께하는 것의 소중함이
책을 읽는 모든 분들에게 닿길 바랍니다.

2019년 3월 16일 ~ 3월 24일
서울대교구 가톨릭청년성서모임 2019 이스라엘 성지순례
최광희 마태오 신부님
강민지 글라라, 김민정 스텔라, 김영선 아녜스, 김지선 아녜스,
김태희 릴리안, 남기호 라파엘, 박혜민 그레이스, 서민영 세실리아,
서효경 안나, 염빛나 유스티나, 윤서현 글라라, 이상진 글라라,
이세현 미카엘, 이지윤 베르타, 임지윤 율리아, 전형근 가브리엘,
정혜진 아나스타시아, 한송미 헬레나, 함승혜 율리아나, 홍희선 스텔라.

cpbc가톨릭평화방송여행사 심연선 소화데레사, 이선민 스텔라.

함께 했습니다. 감사합니다.

순례의 시작

이스라엘 성지순례를 갈까 어쩔까 고민을 시작했던 게 2018년 8월.
예수님 태어나고, 자라고, 활동했고, 돌아가셨다가 부활하신 그 곳을 직접
가본다면 좋겠지만, 시간적으로나 물리적으로 가능 할 것인지 처음엔
의문만 있던 상태였다. 과연 내게도 그런 기회가 생기는 것일까.

망설이다가 순례를 신청 했고, 내 의지 반, 그리고 부르심 반으로 기도
속에 준비하며 기다린 날. 2019년 3월 16일. 이스라엘 텔아비브 행
비행기를 탔다.
12시간의 비행을 마치고 도착하니, 이스라엘에는 촉촉하게 비가 내리고
있었다.

공항 짐 찾는 곳에 딱 보이던, 킴 카다시안의 광고! 이스라엘에도 저런 광고가 있구나 싶으며, 이스라엘은 무조건 엄숙할 거라고 생각했던 고정관념이 도착과 함께 깨지게 되었다.

준비된 순례 버스를 타고, 텔아비브 공항에서 예루살렘 숙소 예후다 호텔까지 빗속을 뚫고 달렸다. 그 비는, 이스라엘에 있는 동안 처음이자 마지막으로 만났던 비였다. 순례 동안엔 비가 오지 않고 날씨가 너무나 좋았던만큼, 지나고 봤더니 날씨부터 엄청난 축복이었다.

텔아비브 공항에서 예루살렘 예후다 호텔까지 버스로 이동

12시간 장시간 비행에 피곤했으니, 호텔 도착과 함께 바로 취침 이었고,
다음날, 눈을 떴는데, 예루살렘 예후다 호텔 전망이 이렇게 그림 같았다.

호텔 로비의 귀여운 꽃이, 순례의 시작을 응원해주고 있었다

# 진정한 겸손

세례자 요한 탄생 기념 성당

우리의 순례, 첫 방문지는 예루살렘 에인카렘의

세례자 요한 탄생 기념 성당 Church of Saint John the Baptist

버스에서 내려 성당까지 걸어가는 골목이, 고풍스러우면서도 고즈넉했다

성당에 들어서자 마당에, 세례자 요한의 아버지, 즈카르야 사제의 기도문이 있었다. 여러 나라 언어가 전시되어 있는데, 한국 가톨릭 성서모임에서 기증한 한글 기도문도 있다.

루카복음 시작에는, 즈카르야 사제와 그의 아내 엘리사벳 성녀, 그리고 세례자 요한 탄생 이야기, 그리고 이 기도문이 나온다. 아이를 못 낳는 여인이었던 아내 엘리사벳이 잉태할 것이란 예고를 들은 즈카르야 사제. 하지만, 그는 믿지 못했고, 잠시 벙어리가 된다. 그 후 엘리사벳은 잉태를 했고, 아기가 태어난 후, 즈카르야는 아이의 이름을 요한이라고 쓴다. 그러자, 입이 열리고 혀가 풀린 그는, 하느님을 찬미하며 이 기도를 소리 높여 외친다.

은총을 체험한 사람은, 그 은총의 위대함을 입으로, 모습으로, 삶으로 표현해야 한다. 그게 감사의 방법이며, 그것을 통해 성장해 간다. 나 역시 부족하고, 마음이 가난했지만, 은총과 사랑 받고 있음을 말로 꺼내며 조금씩 더 성장해 간다는 걸 깨닫고 있다.

은총의 체험자가 부르는 노래!
주 이스라엘의 하느님께서는 찬미 받으소서!!

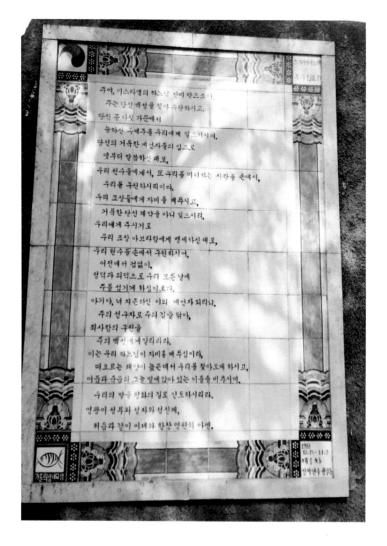

성당 내부가 전체적으로 빛나고 눈부셨다.

그리고, 세례자 요한이 예수님께 세례 드리는 장면의 성화도 만날 수
있었다.

세례자 요한은, 말 그대로, 예수님께 세례를 주신 분이다. 전 인류를 통틀어서, 예수님께 세례를 준 유일한 기념비 적인 사람이지만, 세례자 요한은 예수님 앞에서 무한 겸손 했었다

성경에 보면, 세례자 요한은 광야에서 거칠게 살았으며, 독설도 서슴없이 날렸고, 당시 굉장히 유명해서 사람들이 서로 찾아와 만나려 했던 그 시대의 셀럽이었다. 하지만, 예수님께서 세례자 요한에게 세례를 받기 위해 직접 요르단 강에 오시자, 자신을 낮추고 낮추며, 제가 어찌 당신께 세례를 드릴 수 있냐고 한다. (마태 3,14)

그때 예수님은, 이렇게 해서 하느님의 뜻을 이루자고 제안하셨고, 바로 망설이지 않고 그 뜻을 따르며 순명했던 사람! '그분은 커지셔야 하고 나는 작아져야 한다'며, 그분을 크게 만들기 위해선 무엇이든 했던 사람! 당당하고, 거칠고, 독설도 날리고, 할 말은 꼭 해야 했던 분이지만, 자신이 낮아져야 할 때를 알았고, 무엇을 따라야 할지를 알았던 사람이 바로 세례자 요한이다.

## 우린 그렇게 겸손하고, 낮출 수 있을까.

너무나 커지려고만 하고 살아온 건 아닐까.

메시아가 오기 전 그분의 위대함을 알리기 위해 애썼고, 그것이 사명임을 알았던 세례자 요한처럼, 우리는 자신의 소명이 무엇인지 잘 알고 있을까. 주어진 달란트를 잘 살펴보며 곰곰이 생각해보는 시간을 얼마나 갖고 있을까. 그분을 빛나게 만들기 위해 노력했고, 사라지는 것을 두려워하지 않았던 세례자 요한 이야기를 통해 나를 돌아보게 된다.

어떤 일을 하면서, 겉으로는 대의를 위한 척 하지만, 알고 보면 내가 더 잘나 보이려고, 내가 더 돋보이려고 하는 사람들이 너무 많은 세상. 나 역시, 어릴 때부터 돋보이고 싶어 하며 살았던 건 아닌지.

돋보이려는 마음을 내려놓는 건 물론 어렵다. 하지만, 이 모든 게
마련해주신 거란 걸 느끼는 순간,
마음이 열리고, 눈이 열리고, 입이 열리며,
세상은 우리에게 다른 모습으로 다가온다.

소중한 만남

성모 방문 기념 성당

18

고민이 있거나 어찌할 바 모르는 일이 생겼을 때, 그걸 혼자 다스리며 해결할 수 있다면, 그런 사람이야말로 이 시대 진정한 성인이지 않을까 싶다. 스트레스 받는 일이 생겼을 때, 이런저런 얘기로 속을 풀고, 까르르 웃으며, 커피 한 잔과 달콤한 케이크를 먹으며 공감하는 시간을 만드는 건, 케이크가 달콤해서라기보다, 그 시간이 만들어내는 달콤함으로 스트레스를 이겨낼 수 있다는 걸, 종종 느낀다.

## 2천 년 전 한 여인

마리아의 삶의 방식은, 아마도 모든 걸 곰곰이 생각하는 게 우선이지 않았을까 싶은데, 하지만, 나를 이해해주는 누군가를 꼭 만나고 싶은 엄청난 상황을 맞닥뜨렸기에, 마리아는 사촌언니 엘리사벳을 찾아간다.

마리아가 살던 마을 나자렛에서, 엘리사벳 성녀가 살았던 예루살렘 근처 에인케렘까지는 무려 100km 정도 떨어진 곳인데, 〈마리아의 비밀〉이란 책을 보면 소녀 마리아는 다행히도 그 긴긴 길을 전부 걷진 않았다고 한다. 아버지 요아킴이 마련해준 나귀도 탔다가, 걸었다가 했다는데, 그래도, 임산부가 그 먼 길을 간다는 건 체력적으로 힘들었을 것이다.

우리 순례단도 조금이나마 그 상황을 느껴보려고, 세례자 요한 탄생 기념 성당에서, 성모 방문 기념 성당까지 걸어갔는데, 충분히 느끼기엔 좀 짧은 거리였다. 걸어서 10분!

걷는 길에 이렇게 예쁜 구름이 함께 해주고 있었다.
그런데, 성당으로 올라가는 입구 경사가 생각보다 꽤 높아서, 이스라엘에
와 처음으로, 살짝 운동하는 느낌이 들었다.

언덕을 오르니 등장한 성모 방문 기념 성당 Church of the Visitation

　엘리사벳은 나이가 너무 많아서, 아이를 낳을 수 없는 몸이지만 임신을 했고, 마리아는 15살에 남자를 알지 못하는 몸인데 성령으로 잉태를 했고, 우여곡절의 두 여인이 만났는데, 겉으로는 둘이지만, 알고 보면 뱃속에 계신 예수님과 세례자 요한까지 네 분의 만남! 엘리사벳 성녀가 먼저 임신을 했으니, 배가 좀 더 나온 쪽이 엘리사벳 성녀이다.

　소녀였던 마리아는 처한 상황이 굉장히 어려웠을 것이다. 당시 결혼 전 여자가 임신을 하는 건 돌에 맞아 목숨을 잃게 될 정도의 큰 죄였는데, 아무리 신심이 깊더라도 임신을 한 자신의 상황을 어떻게 받아들일 수 있었을까, 그때 내 마음 알아주는 단 한 명만 있다면, 그 사람 만나기 위해 이억 만 리라도 가고 싶은 건 당연할 것이다.

　우리도 살면서, 나의 속상함, 억울함을 들어주고 공감해주는 단 한 사람만 있어도 기분이 풀리는 경우가 굉장히 많다. 하지만, 내 마음도 모르고 엉뚱한 소리를 하는 사람은 쳐다보고 싶지도 않기에, 혹시 나는, 아무 생각 없이 했던 말로 누군가의 마음을 상하게 한 적은 없었을까 돌아보게 된다. 나에게서 나오는 말이 타인에게 힘이 되도록 노력하는 것이, 바로 성모님과 엘리사벳 성녀의 마음이 아닐까.

마니피캇 Magnificat '성모님의 찬가'는 성당 마당에 각국어로
알록달록하게 장식되어 있었다. 자신의 마음을 알아주는 엘리사벳과 만나
기뻤고, 그에 대해 하느님께 찬미를 드린 '마리아의 노래'.

마리아의 노래 (루카 1,46-56)

그러자 마리아가 말하였다.

"내 영혼이 주님을 찬송하고 내 마음이 나의 구원자 하느님 안에서 기뻐 뛰니 그분께서 당신 종의 비천함을 굽어보셨기 때문입니다. 이제부터 과연 모든 세대가 나를 행복하다 하리니 전능하신 분께서 나에게 큰일을 하셨기 때문입니다. 그분의 이름은 거룩하고 그분의 자비는 대대로 당신을 경외하는 이들에게 미칩니다. 그분께서는 당신 팔로 권능을 떨치시어 마음속 생각이 교만한 자들을 흩으셨습니다. 통치자들을 왕좌에서 끌어내리시고 비천한 이들을 들어 높이셨으며 굶주린 이들을 좋은 것으로 배불리시고 부유한 자들을 빈손으로 내치셨습니다. 당신의 자비를 기억하시어 당신 종 이스라엘을 거두어 주셨으니 우리 조상들에게 말씀하신 대로 그 자비가 아브라함과 그 후손에게 영원히 미칠 것입니다."

마리아는 석 달가량 엘리사벳과 함께 지내다가 자기 집으로 돌아갔다.

신심 깊은 집안에서 자란 소녀 마리아도, 감당하기 힘든 일 앞에선 괴로웠을 것이다. 하지만, 받아들였고. 내 맘을 알아주는 누군가를 만났고, 이 모든 걸 마련해주신 하느님께 깊은 감사를 드렸다.

삶을 대하는 자세가 이처럼 우아하고 아름다운 여인이 또 있을까? 곰곰이 생각하고, 만나고, 하느님께 감사드리고, 그렇게 살아가는 게 우리를 평화롭게 만들어준다는 걸 몸소 보여준 마리아. 역시, 하느님 사랑 가득했던 15살. 그러니, 지금 모든 세대가 **은총이 가득하신 마리아님 기뻐하소서**라고 매일매일 노래하며, 고민, 힘겨움, 속상함을 하느님께 전해달라는 부탁을 하고 있나보다.

　그리고, 성모님의 방문을 통해, '만남'에 대해 다시 한 번 생각해본다. 평화방송에서 어떤 신부님 강연을 들었는데, 사람은 누구를 만나며 사느냐에 따라 삶의 질이 달라지고 행복의 정도가 달라진다고 한다. 맨날 만나는 사람이 아픈 사람, 사기당한 사람, 범죄자 등등 이라면, 아무리 돈을 많이 버는 직업이어도 행복하기 힘들다는 것이다.

　어쩌면 나는 어릴 때부터 만나고 싶은 사람들 만나며 일했기에 그나마 오래 일을 해왔다는 생각이 들면서,

행복이란, 만남 안에 있다는 사실을 되새기게 된다.

# 내 안의 그대

주님 탄생 기념 성당, 카타리나 성당

다음 일정은
베들레헴의 **주님 탄생 기념 성당** Church of Nativity

아무래도 이곳은, 예수님이 탄생한 역사적인 곳이고, 로마 가톨릭뿐 아니라 여러 종교가 동시에 기념하는 곳이다 보니, 오랜 세월동안 침략을 많이 받아왔다. 그래서 공격을 보호하기 위해, 마치 요새처럼 지어져 있다.

성당으로 들어가는 문의 이름은 '겸손의 문'인데, 어른이 허리를 완전히 굽혀야 들어갈 수 있을 정도로 낮고 작았다. 예전에는 지금보다는 컸지만, 십자군 전쟁 때 이슬람의 말과 마차가 들어오지 못하게 하려고 점점 작아지다 보니 지금의 크기가 되었다고 한다.

그래서 이젠, 누구라도, 그 어떤 높은 지위의 사람이라도, 예수님을 만나기 위해선 허리를 굽히고 겸손하게 낮춰야 들어갈 수 있는 문이 되었다.

성당 안은 공사 중이었고, 예수님 탄생한 그 지점을 만나기 위한 줄이 꽤 길었다.

예수님 탄생한 곳을 경배하기 위한 줄

　이곳은 로마 가톨릭, 그리스 정교회, 아르메니아 사도교회가 공동으로 관리하는 곳이다. 특히나, 그리스 정교회의 화려한 장식들이 눈길을 사로잡았다.

　정면에 있는 눈부신 정교회 제대의 오른쪽으로 가면, 지하로 내려갈 수 있게 길이 나오고,

그곳에서, 드디어 베들레헴의 별을 만날 수 있었다

요셉도 갈릴래아 지방 나자렛 고을을 떠나 유다 지방, 베들레헴이라고 불리는 다윗 고을로 올라갔다. 그가 다윗 집안의 자손이었기 때문이다. 그는 자기와 약혼한 마리아와 함께 호적 등록을 하러 갔는데, 마리아는 임신 중이었다. 그들이 거기에 머무르는 동안 마리아는 해산 날이 되어, 첫아들을 낳았다. 그들은 아기를 포대기에 싸서 구유에 뉘었다. 여관에는 그들이 들어갈 자리가 없었던 것이다. (루카 2,4-7)

30여 분 넘게 줄 서서 기다려, 1분이 채 안 되는 시간, 예수님이 탄생한 그 곳에 손을 대며 묵상했다. 태어나서 처음 가져보는 소중한 1분이었다. 이곳에 오신 건 나를 만나기 위해서였고, 그렇게 내 안에도 오신 분.

 예수님이 태어나시고 구유에 누웠다고 하니까, 야외 드넓은 목장 근처인 줄 알았지, 이런 동굴일 줄은 미처 몰랐다. 이건, 예전 이스라엘 가옥의 구조와 연관이 있는데, 이스라엘 사람들은 보통 위층에 주거공간을 두고, 아래층에 마구간을 만들어, 겨울 난방 문제를 해결했다. 뜨거운 공기는 위로 향하니, 아래층에 마구간을 놓게 되면, 동물들의 체온으로 위층을 데우는 것이다. 그리고, 자연동굴이 있는 곳이라면, 그 위에 집을 지어서, 동굴엔 동물을 살게 하고 자연스럽게 난방을 해결했다니, 왜 지하 동굴에 예수님 태어난 구유가 있는지, 이해가 된다.

그리고 이어서, 주님 탄생 기념 성당 바로 옆에 있는

**카타리나 성당 Chapel of Saint Catherine** 으로 갔다.

이곳은, 1881년 프란치스코 수도회에 의해 건축되었다.

주님 탄생 기념 성당이 여러 종교의 관리 하에 있기 때문에, 매년 12월 25일 성탄 자정미사는 로마 가톨릭 소속인 이 곳, 카타리나 성당에서 집전되고 있다.

카타리나 성당에 모인, 전 세계 순례자들이 누가 시키지도 않았는데 〈고요한 밤 거룩한 밤〉을 함께 부르기도 했다. 예수님을 사랑하는 모두의 마음이 노래에 실려 성당을 가득 메웠다.

그리고 카타리나 성당 마당엔 예로니모 성상이 자리하고 있는데, 그이유는 성당 지하 동굴이 바로, 예로니모 성인이 386년부터 404년 까지, 은거하며 히브리어 원문의 성경을 라틴어로 직접 번역 한 장소이기 때문이다.
예로니모 성인은, 가톨릭에서 공식적으로 인정하고 있는 성경인 불가타본을 4세기경에 완성했는데, 불가타(vulgata)란 '대중적인'이란 뜻이다.

카타리나 성당 마당, 예로니모 성상과 바라보시는 성모님

예로니모 성인이 기거했다는 지하 동굴에는, 여러 개의 다양한 제대들이 마련되어 있었다. 오로지 성경번역을 위해, 하느님의 일을 위해, 온 마음과 정신을 쏟았던 곳. 우리는, 얼마나 성인처럼 하느님을 위해 마음을 낼 수 있을까.

그리고, 베들레헴은 거룩하고, 아름다운 곳이기도 하지만, 아픔이 서려있기도 하다. 예수님이 탄생했다는 소식을 듣고, 당시 헤로데 왕은 자신을 위협할 또 다른 왕이라 생각하여, 그 지역 태어난 아기들을 몰살하라는 명령을 내린다.

——— 🔖 ———

## 헤로데가 아기들을 학살하다 (마태 2,16-18)

그때에 헤로데는 박사들에게 속은 것을 알고 크게 화를 내었다. 그리고 사람들을 보내어, 박사들에게서 정확히 알아낸 시간을 기준으로, 베들레헴과 그 온 일대에 사는 두 살 이하의 사내아이들을 모조리 죽여 버렸다. 그리하여 예레미야 예언자를 통하여하신 말씀이 이루어졌다. "라마에서 소리가 들린다. 울음소리와 애끓는 통곡소리. 라헬이 자식들을 잃고 운다. 자식들이 없으니 위로도 마다한다."

——— 🔖 ———

이것 때문에 영화 〈사바하〉에서, 크리스마스는 예수님이 탄생했지만, 무고한 아이들이 살해된 날이니 슬픈 날이라는 대사가 나온다.

종교를 가지며 우리가 범하지 말아야 하는 오류는, '신을 믿으니 모든 힘든 일이 다 사라져야 한다는 생각'이다. 하느님은 우리의 어려움을 완전히 없애주시는 분이 아니라, 어려운 순간 함께 해주시며 한발 한발 내딛고 극복하도록 도와주시는 분이다.

종교를 가졌는데 왜 힘들지? 왜 어려운 일이 생기지? 편안하려고 믿는 건데? 복 받으려고 성당 다니는데? 이렇게 생각하면서부터 오류가 생긴다. 1더하기 1은 2가 되는 정확한 계산법, 인간적인 '인과율'로는 설명 안 되는 하느님의 섭리를 받아들이며, 나의 신앙은 한 단계 성장하게 되었다. **하느님을 믿으면 돈이 많아지고 지위가 높아지는 게 아니라, 그분의 자녀가 되었으니 기쁠 때나 슬플 때나 어느 순간이나 함께 해 주셔서 힘이 난다는 것.**

예수님이 탄생했기 때문에 무고한 아이들이 죽은 게 아니라, 헤로데 왕의 말도 안 되는 욕심이 아이들을 죽게 했었다. 그 힘겨운 순간에도 하느님은 함께 계셨다

메시아가 탄생한 베들레헴. 청명한 그 곳은 순간순간 마다 아픔도 많았지만, 아픈 우리 한 명 한 명을 받아주고 감싸주는 곳 이었다

# 당신은 천사와
# 커피를 마셔 본 적 있나요

주님 탄생 예고 성당

이제 베들레헴에서 나자렛. 갈릴래아 방향으로 올라갔다

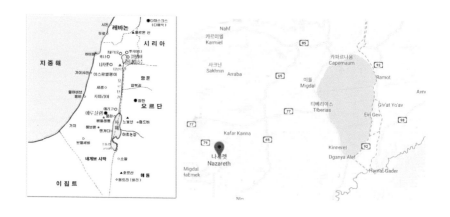

둘째 날의 숙소 Legacy of Nazareth으로 모든 짐을 버스에 싣고 출발

  2시간 정도 걸리는 거리. 꼬불꼬불 산길을 통과해서, 예수님이 자랐고 청년시절을 보냈다는 나자렛으로 향했다.
도착하니 어둑어둑한 시간이어서 하루를 마무리하고,

다음날이 밝았다.

누군가 나에게 무언가를 시키는 것에 반감이 든다면, 시키는 사람과 나의 관계는 성립될 수 없다. 시키는 걸 안 해버리면 그만이니까. 그런데, 시키는 사람이 '너를 너무 사랑하고, 이렇게 해야 너에게 좋으니까, 그래서 너는 이걸 해야 돼.' 라고 한다면, 어떨까?

하느님과 우리 관계를 설명할 때 가장 많이 등장하는 예.
어린 아이는 몸에 안 좋은 불량식품을 너무나 먹고 싶어 하는데, 부모님은 그걸 제지한다. 아이에게 안 좋으니 막는 건 당연한데, 하지만, 아이는 그걸 이해하지 못하고 울고불고한다.
나는 이걸 갖고 싶고, 이걸 먹고 싶고, 이렇게 살고 싶은데, 하느님은 나에게 안 좋기에 제지하시고, 내가 쉽게 이해되지 않는 걸 주신다. 그리고, 오늘도 이해 못하고 잘 모르는 나를 달래며, 조금씩 이끌어주신다.

15살 소녀 마리아에게 찾아온 가브리엘 천사는 잉태를 하여 하느님의 아들을 낳을 거라고 예고한다. 천사를 만난 것도 놀라운데, 상상 초월의 이야기까지 듣지만, 마리아는, **말씀하신 대로 이루어지기를 바란다**고 '응답'한다. 이건 보통 배짱이 아니며, 한번 해보겠다는 것이고, 자신에게 일어나게 될 엄청난 일을 받아들이겠다는 고백이었다. 신심 깊은걸 넘어서 강단이 대단한 소녀!

숙소에서 걸어서 5분이었던 주님탄생예고성당

주님 탄생 예고 성당 Basilica of the Annunciation 은, 마리아가 살던, 가브리엘 천사가 찾아왔다는 곳에 세워졌다. 굉장한 대형 성당인데, 부드러운 느낌이고, 여성스러움이 담겨 있다.

## 예수님의 탄생 예고 (루카 1,26-35)

여섯째 달에 하느님께서는 가브리엘 천사를 갈릴래아 지방 나자렛이라는 고을로 보내시어, 다윗 집안의 요셉이라는 사람과 약혼한 처녀를 찾아가게 하셨다. 그 처녀의 이름은 마리아였다. 천사가 마리아의 집으로 들어가 말하였다. "은총이 가득한 이여, 기뻐하여라. 주님께서 너와 함께 계시다." 이 말에 마리아는 몹시 놀랐다. 그리고 이 인사말이 무슨 뜻인가 하고 곰곰이 생각하였다. 천사가 다시 마리아에게 말하였다. "두려워하지 마라, 마리아야. 너는 하느님의 총애를 받았다. 보라, 이제 네가 잉태하여 아들을 낳을 터이니 그 이름을 예수라 하여라. 그분께서는 큰 인물이 되시고 지극히 높으신 분의 아드님이라 불리실 것이다. 주 하느님께서 그분의 조상 다윗의 왕좌를 그분께 주시어, 그분께서 야곱 집안을 영원히 다스리시리니 그분의 나라는 끝이 없을 것이다." 마리아가 천사에게, "저는 남자를 알지 못하는데, 어떻게 그런 일이 있을 수 있겠습니까?" 하고 말하자, 천사가 마리아에게 대답하였다. "성령께서 너에게 내려오시고 지극히 높으신 분의 힘이 너를 덮을 것이다. 그러므로 태어날 아기는 거룩하신 분, 하느님의 아드님이라고 불릴 것이다."

성당 제대 뒤에는, 철문 안에 사제들만 들어갈 수 있는 곳이 있었다. 보는 것만으로도 거룩함이 체험됐던 곳.

철문 안 동굴 제대 아래에는 'VERBUM CARO HIC FACTVM EST'라고 라틴어가 적혀 있는데, '이곳에서 말씀이 사람이 되셨다'는 뜻이다.

성당 마당엔, 각국의 성모님 그림이 걸려 있었고, 우리나라 한복을 입은 우아하신 성모님도 자리 잡고 계셨다.

뭐니 뭐니 해도 나자렛이란 도시는 너무나 아름다운, 사랑스러운 곳이었다. 예수님이 공생활을 시작하기 전까지 지냈고, 성모님, 요셉 성인, 어린 예수님이 함께 살던 동네. 그래서 예수님은 나자렛을 굉장히 좋아하셨나 보다. '유대인의 왕 나자렛 사람 예수' INRI라는 약자가 운명처럼 십자가 위에 새겨졌다는 사실에서, 나자렛에 대한 예수님의 특별한 애정이 전해진다.

예수님 시대 사람들은 '나자렛에서 뭐 좋은 게 나오겠냐'는 얘기를 했다. (요한 1,46) 예루살렘에 비하면 시골이니 그랬나본데, 지금 우리도 작은 곳이라고, 주류, 메인스트림이 아니라고, 알려지지 않았다고, 무시하는 경우가 있다. 하지만, 작지만 알찬 곳은 너무나 많다는 것!

그리고, 이곳에서의 미사

> 마리아가 말하였다. "보십시오, 저는 주님의 종입니다. 말씀하신 대로 저에게 이루어지기를 바랍니다." (루가 1,38)

성모님이 응답했기에, 우리가 만나서, 이렇게 미사를 드릴 수 있다는 걸 생각하면, 그 위대한 일에 마음이 찡해온다.

**전 인류의 나비효과.**

15살 소녀가 '말씀하신 대로 이루어지길 바란다'고 응답했고, 그 작은 목소리가, 이렇게 세상 모든 이들과 예수님의 만남을 이뤄냈다.

그렇게 우린 만났고, 서로 사랑하게 되었다.

# 내가 걷는 길, 우리가 걷는 길

나자렛 회당, 추락산

나자렛에는 **유대인 회당터**가 있다. 갈릴래아 지역에서 공생활을 시작하셨던 예수님께서, 어린 시절을 보낸 나자렛을 방문하셨을 때, 회당에서 성경 봉독을 하며 가르치셨다.

〈회당 synagogue〉은 유대인들의 예배당이라고 할 수 있는데, 종교의식, 각종 집회뿐 아니라 성경 공부를 하는 장소로도 쓰였다. 특히, 예루살렘에서 성전 예배를 드릴 수 없었던 바빌론 유배 시절, 회당은 교육훈련 및 기도의 장소로 더욱 부각되었다.

예수님은 어린 시절, 이 나자렛 회당에서 하느님 말씀도 듣고, 공부하며, 은총 가득한 시기를 보냈을 것이다. 공생활을 시작하게 된 그분께서, 나자렛에 오시어 가르치시자, 많은 이들은 권위 있고 새로우며 지혜로운 말씀을 듣고 놀라게 된다. 그런데, 예수님을 어린 시절부터 봤던 사람들은 못마땅하게 생각했다.

## 나자렛에서 무시를 당하시다 (마르 6,1-4)

예수님께서 그곳을 떠나 고향으로 가셨는데 제자들도 그분을 따라갔다. 안식일이 되자 예수님께서는 회당에서 가르치기 시작하셨다. 많은 이가 듣고는 놀라서 이렇게 말하였다. "저 사람이 어디서 저 모든 것을 얻었을까? 저런 지혜를 어디서 받았을까? 그의 손에서 저런 기적들이 일어나다니! 저 사람은 목수로서 마리아의 아들이며, 야고보, 요세, 유다, 시몬과 형제간이 아닌? 그의 누이들도 우리와 함께 여기에 살고 있지 않는가?" 그러면서 그들은 그분을 못마땅하게 여겼다. 그러자 예수님께서 그들에게 이르셨다. "예언자는 어디에서나 존경받지만 고향과 친척과 집안에서만은 존경받지 못한다."

——— 🔖 ———

성경에 '못마땅하게 여겼다'라고, 정확하게 나와 있는 게 재밌다.

어린 시절부터 봤던, 목수의 아들이었던 이가, 지금까지 들어보지 못했던 신선하고 놀라운 이야기를 전해줄 때, 고지식한 사람들의 못마땅함. 우리 사회에도 이런 일은 종종 일어난다. 어릴 때부터 봤던, 별것 없는 가정에서 태어난 사람, 혹은 나보다 공부도 많이 하지 않은 사람이, 현명한 말과 행동을 보여줬을 때 인정하지 않는 분위기.

다른 사람을 나의 고정관념으로 판단해버리는 오류는 인제든 일어나니, 나에게 오지 못하도록 늘 깨어 노력하며 지내야겠다.

그런가 하면, 루카복음은, 예수님이 바로 이 회당에서, '은총의 해, 곧, 희년'이 당신과 함께 실현되었다고 선포했음을 전해주고 있다. 회당에서 조용히 두루마리를 받아 펼치고 이사야 예언서의 말씀을 읽으신 예수님.

———— 🔖 ————

이사야 예언자의 두루마리가 그분께 건네졌다. 그분께서는 두루마리를 펴시고 이러한 말씀이 기록된 부분을 찾으셨다. "주님께서 나에게 기름을 부어 주시니 주님의 영이 내 위에 내리셨다. 주님께서 나를 보내시어 가난한 이들에게 기쁜 소식을 전하고 잡혀간 이들에게 해방을 선포하며 눈먼 이들을 다시 보게 하고 억압받는 이들을 해방시켜 내보내며 주님의 은혜로운 해를 선포하게 하셨다." (루카 4,17-19)

———— 🔖 ————

그런데, 문제는 회당에 있던, 안 그래도 예수님을 못마땅하게 생각했던 사람들이 희년을 선포하시는 말씀을 듣고 화가 잔뜩 났다.
그래서, 예수님을 고을 밖으로 내몰아 높은 산의 벼랑 까지 끌고 가서 떨어뜨리려고 했다

회당에 있던 사람들이 예수님을 밀어서 떨어뜨리려 했다는 그 산으로 가서, 우리도 함께 올라가 봤다. 나자렛 회당에서부터 걸어가기에는 꽤 먼 거리로 느껴졌는데, 예수님은 이곳까지 끌려오셨던 것이다.

이 산은, 해발 397m의 케두민(Kedumin) 산인데, 경사가 깎아지른 벼랑처럼 가팔라서 흔히, **추락산**, 혹은 절벽산 이라고 부른다.

올라가니, 저 멀리, 예수님의 거룩한 변모가 일어난 타보르 산이 보이고

그 옆쪽의 산등성이 근처는 예수님께서 과부의 아들을 살리신 '나인'이라는 고을이다. 그리고 드넓게 펼쳐진 이즈르엘 평야

예수님께선 사람들의 몰아붙임에, 진짜 벼랑 끝에 서 계셨음에도 흔들림 없이, 유유자적, 사람들 한가운데를 가로질러서 이곳을 떠나셨다.

 살면서 벼랑 끝에 몰리는 기분이 들 때가 한 두 번이 아니다. 곧 떨어져 추락할 것 같고, 궁지에 몰린 상황이라 생각될 때, 조금만 고개를 들어 앞, 뒤, 옆을 바라보면, 유유히 빠져나갈 수 있는 길이 있다는 걸 예수님이 알려주신다는 생각이 들었다.

 그렇게 알려주는 건 바로 '**사랑**'이고, 그래선지, 하늘에 '**하트**' **구름**이 떠 있었다.

 그리고, 추락산에서 갈릴래아 호수 북단의 카파르나움까지 이어지는 약 70km의 복음의 둘레길, 즉, '가스펠 트레일'을 안내하는 표지석이 있었다. 이렇게 복음을 따라 걷는 트레킹 코스가 있다니 흥미로웠다.

** 혹시, 나자렛에서 갈릴래아까지 걷고 싶다면, 이곳이 출발점이란 걸 참고 하세요

저 길을 다 걸으면 몇 보정도 되는 건지 궁금해졌다.

# 언제나 시작처럼

카나의 혼인잔치 기념 성당

나자렛에서 이동해 골목골목을 돌아 우리가 찾아간 곳은

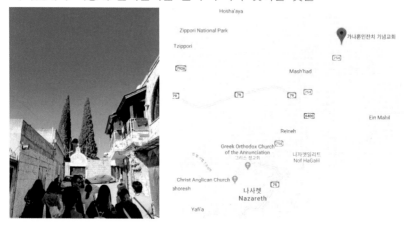

## 카나의 혼인잔치 기념성당 The Wedding Cana Church

현재 지도에는, Kafr Kanna 라고 되어 있는 지역 '카나'는 바로, 예수님께서 공생활 초반 혼인잔치 집에 방문하시어 물을 포도주로 만드신, 첫 번째 표징(기적)을 보여주신 곳이다

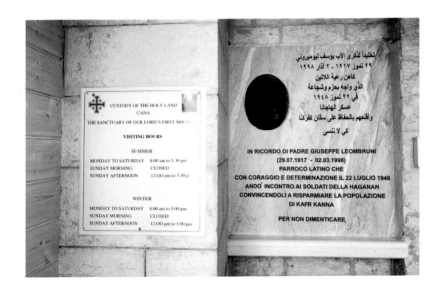

CUSTODY OF THE HOLY LAND
CANA
THE SANCTUARY OF OUR LORD'S FIRST MIRACLE

VISITING HOURS

SUMMER

MONDAY TO SATURDAY      8:00 am to 5:30 pm
SUNDAY MORNING            CLOSED
SUNDAY AFTERNOON        12:00 pm to 5:30 pm

WINTER

MONDAY TO SATURDAY      8:00 am to 5:00 pm
SUNDAY MORNING            CLOSED
SUNDAY AFTERNOON        12:00 pm to 5:00 pm

تخليداً لذكرى الأب يوسف ليومبروني
٢٩ تموز ١٩١٧ - ٢ آذار ١٩٩٨
كاهن رعية اللاتين
الذي واجه بحزم وشجاعة
في ٢٢ تموز ١٩٤٨
عسكر الهاجانا
وأقنعهم بالحفاظ على سكان كفركنا
كي لا ننسى

IN RICORDO DI PADRE GIUSEPPE LEOMBRUNI
(29.07.1917 - 02.03.1998)
PARROCO LATINO CHE
CON CORAGGIO E DETERMINAZIONE IL 22 LUGLIO 1948
ANDÒ INCONTRO AI SOLDATI DELLA HAGANAH
CONVINCENDOLI A RISPARMIARE LA POPOLAZIONE
DI KAFR KANNA

PER NON DIMENTICARE

프란치스코회에서 혼인잔치가 있었다고 전해지는 터를 매입하여 1880년에 이 기념성당을 지었다. 성당 정문 옆 벽에 는 'The Sanctuary of Our Lord's First Miracle'이라고 적어 놓아, 예수님의 첫 번째 기적이 일어난 곳임을 확인해주고 있다.

───── 🔖 ─────

사흘째 되는 날, 갈릴래아 카나에서 혼인 잔치가 있었는데, 예수님의 어머니도 거기에 계셨다. 예수님도 제자들과 함께 그 혼인 잔치에 초대를 받으셨다. 그런데 포도주가 떨어지자 예수님의 어머니가 예수님께 "포도주가 없구나." 하였다. 예수님께서 어머니에게 말씀하셨다. "여인이시여, 저에게 무엇을 바라십니까? 아직 저의 때가 오지 않았습니다." 그분의 어머니는 일꾼들에게 "무엇이든지 그가 시키는 대로 하여라." 하고 말하였다. 거기에는 유다인들의 정결례에 쓰는 돌로 된 물독 여섯 개가 놓여 있었는데, 모두 두세 동이들이었다. 예수님께서 일꾼들에게 "물독에 물을 채워라." 하고 말씀하셨다. 그들이 물독마다 가득 채우자, 예수님께서 그들에게 다시, "이제는 그것을 퍼서 과방장에게 날라다 주어라." 하셨다. 그들은 곧 그것을 날라 갔다. (요한 2,1-8)

───── 🔖 ─────

아름다운 성당 내부에선, 실제 혼인잔치기 벌어지고 있었다.

제대 뒤에는 성경 속 내용처럼 물독 여섯 개가 있었는데, 항아리가 노란색이라서 너무 예뻤다.

성당 벽에 걸린 물독 그림

　마침, 우리 순례단 중엔 결혼 한 지 일주일 된 신혼부부가 있었다. 이곳을 찾은 부부들은 꼭 혼인 갱신식을 한다고 하여, 신부님께서 주례가 되시어 즉석에서 혼인 갱신식 거행! 보통, 중년의 부부들이 이곳의 혼인 갱신식을 통해 마음을 새롭게 한다는데, 신혼부부라 옛것이 될 틈도 없이 새로움에 새로움을 더하는 현장을 보니, 더 특별했다. 축하합니다!

예수님이 보여주신 카나의 혼인잔치 표징은, **옛 시대가 지나고 새 시대로 바뀌는 걸 의미**한다. 성경에 나와 있듯이, 유대인들이 정결례에 썼던 물독에 물을 채워 포도주로 바꾼다는 것은, 예전의 정결 예식이, 이제 성찬의 전례에 쓰일 포도주, 생명의 포도주로 대치된다는 걸 알려준다. 그리고, 7이 완전수이니, 물독이 여섯 개인 것은 불완전함을 드러내고, 완성되지 않았던 유대교 율법의 시대는, 이제부터, 완전한 예수님 복음의 시대로 변화한다.

하지만, 새 시대는 가만히 있으면 거저 받을 수 있는 게 아니다. 일꾼들이 물독에 물을 채우고, 퍼서 날라주었듯이, 우리도 전해주시는 말씀에 따라 움직여야, 언제 다가올지 모르는 새로운 시대, 새로운 시간을 만날 수 있을 것이다.

그래서, 어제와는 또 다른, 새로운 오늘이 찾아오길 바라며, 내 삶에 던져주시는 말씀들을 곰곰이 생각하고 그에 따라 움직이기를 다짐해 본다.

# 그녀를 처음 만난 날

막달라 센터

**마리아 막달레나**는.

성경에 예수님이 일곱 마귀를 쫓아내 준 여인으로 설명되어 있다. 막달레나는 '마그달라(אלדגמ)'에서 유래하며, 히브리어로는 다름 아닌, 지명 '미그달(לדגמ)'이다. 영어로는 '미들'이라는 지역 안에, **'막달라'**라는 동네가 있다.

——— 🔖 ———

## 여자들이 예수님의 활동을 돕다 (루카 8,1-3)

그 뒤에 예수님께서는 고을과 마을을 두루 다니시며, 하느님의 나라를 선포하시고 그 복음을 전하셨다. 열두 제자도 그분과 함께 다녔다. 악령과 병에 시달리다 낮게 된 몇몇 여자도 그들과 함께 있었는데, 일곱 마귀가 떨어져 나간 막달레나라고 하는 마리아, 헤로데의 집사 쿠자스의 아내 요안나, 수산나였다. 그리고 다른 여자들도 많이 있었다. 그들은 자기들의 재산으로 예수님의 일행에게 시중을 들었다.

——— 🔖 ———

나자렛에서 갈릴래아 호수 쪽으로 고개를 넘어오면 제일 먼저 만나는 마을이 '막달라'이다. 예수님이 만약 그 고개를 지나오셨다면 공생활을 시작할 때 가장 먼저 만난 여인이 '마리아 막달레나'란 얘기가 된다. 그렇게 첫 만남이 이뤄졌을 것이고, 그 만남을 통해 새로운 역사가 만들어진 것이다. 우리 순례팀도, 예수님 발길을 따라, 나자렛 근처 카나에서 막달라까지 차를 타고 움직였다.

살짝 하와이 같은 느낌이 드는 건 나무 모양 때문인데, 꽤 운치 있는 곳이었다. 바다 같지만, 사실은 굉장히 넓은 갈릴래아 호숫가. 이곳에서 **예수님은 '마리아' 라 불리는 한 여인을 만났다**

마리아 막달레나는 물고기 염장 업을 하며 꽤 돈이 많았을 거라고 한다. 물려받은 돈이 많은 과부였을 거란 얘기도 있는데, 그녀가 살았던 터가 아직 남아있다. 부유했지만 어찌 된 영문인지 많이 아팠던 그녀. 치유의 손길을 기다리던 그녀는 예수님을 만났다.

　예수님과 마리아 막달레나가 만났을 때, 어떤 방법의 치유가 이뤄졌는지 세세하게 성경에 나오지 않는다 하지만 따뜻한 사랑이 있었던 건 분명할 것이다.

Encounter of Jesus and Mary Magdalena
Sculptor – Juan Fernández (Chile)

　막달라 센터 안에 있는 다양한 경당 안엔, 예수님과 마리아 막달레나가 만나는 장면의 그림도 있고, 조각상도 있다. 일곱 마귀에 들린 여자라고 하는데, 2천 년 전 사람이 아프면 마귀에 들렸다는 얘기를 하곤 했으니, 아마 그녀는 진짜 마귀에 들렸다기보다 몸과 마음이 많이 아프시 않았을까. 일곱은 성경에서 완전수로 쓰이니, 어마어마한 마귀, 즉 엄청난 아픔이 있었나보다. 그리고 그 시대는 아픈 사람은 죄인이었기에, 떳떳하지 못한 그녀의 삶은 피폐했을 것이다

　그런데 예수님이 그녀를 온전한 모습으로 치유해준다. 어떻게 그녀가 예수님을 사랑하지 않을 수 있을까.
　또 전승에 의하면, 남자 제자들보다 예수님 말씀을 흡수하는 능력도 빨라서 베드로가 시샘했다는 말도 있고, 당시, 여성은 인정 안하는 분위기였으니, 혹시라도 그녀의 지위가 높아지는 걸 많은 이들이 경계했다고도 한다.

아무튼 마리아 막달레나는 예수님을 끝까지 따르고, 십자가의 길도 함께 걷고, 예수님 돌아가실 때 다른 남자 제자들 다 도망갔지만 성모님과 함께 계속 있었고, 그래서 **부활하신 예수님을 처음 만난다**

어떤 신부님께서 이건 스캔들의 문제가 아니라, 나라도 남자 제자들 다 도망갔는데 끝까지 지켜준 마리아 막달레나에게 제일 먼저 나타났을 거라는 말씀을 하셨는데, 그만큼 그녀의 사랑은 너무나 절절했던 것이다.

그리고, 마리아 막달레나는 부활하신 예수님을 만난 후, 사람들에게 뛰어가 전하는 사도의 모습으로 움직였고, 결국 시성 되어, 우리는 이제 그녀를 성녀로 기리고 있다. 7월 22일이 마리아 막달레나 성녀 축일이다

예수님 시대 배 모양의 제대가 있는 보트 경당

막달라 센터 내부는 눈부시게 예뻐서 깜짝 놀랄 정도이다. 내부에 들어서면 로비 천장 그림은 과달루페 성모님의 손이 담겨있고, 보트 경당에는 예수님 시대의 배 모양 제대가 놓여있다 여러모로 너무나 아름다운 곳. 마리아 막달레나는 이곳처럼 아름다운 여인이었을 것이다

그리고 이 성당의 하이라이트는 지하 경당에 있는데,

마르코 복음 5장에 나오는 이야기. 열두 해 동안이나 하혈하는 여인이 예수님을 만나는 그 순간을 담은 대형 그림이 있었다.

> 그 가운데에 열두 해 동안이나 하혈하는 여자가 있었다. 그 여자는 숱한 고생을 하며 많은 의사의 손에 가진 것을 모두 쏟아 부었지만, 아무 효험도 없이 상태만 더 나빠졌다. 그가 예수님의 소문을 듣고, 군중에 섞여 예수님 뒤로 가서 그분의 옷에 손을 대었다. '내가 저분의 옷에 손을 대기만 하여도 구원을 받겠지.' 하고 생각하였던 것이다. 과연 곧 출혈이 멈추고 병이 나은 것을 몸으로 느낄 수 있었다. 예수님께서는 곧 당신에게서 힘이 나간 것을 아시고 군중에게 돌아서시어, "누가 내 옷에 손을 대었느냐?" 하고 물으셨다. 그러자 제자들이 예수님께 반문하였다. "보시다시피 군중이 스승님을 밀쳐 대는데, '누가 나에게 손을 대었느냐?' 하고 물으십니까?" 그러나 예수님께서는 누가 그렇게 하였는지 보시려고 사방을 살피셨다. 그 부인은 자기에게 일어난 일을 알았기 때문에, 두려워 떨며 나와서 예수님 앞에 엎드려 사실대로 다 아뢰었다. 그러자 예수님께서 그 여자에게 이르셨다. **"딸아, 네 믿음이 너를 구원하였다. 평안히 가거라. 그리고 병에서 벗어나 건강해져라."** (마르 5,23-34)

12년 동안이나 하혈하며, 사람답지 못하게 살았던 여인. 그 당시, 하혈은 부정한 것이었고, 사회적으로 격리 당해야 하는 상태였다. 너무나 힘들었고, 진짜 간절하여, 바닥에 엎드려 옷자락에 잠깐 손이라도 대 보려는 마음. 그 간절함에 예수님이 자비를 베풀어주시며 하신 말씀은 **"딸아, 네 믿음이 너를 구원하였다"**

몸과 마음이 아파서, 숨이 막힐 것 같을 때.
간절함은 사랑이 되고, 그 사랑으로 우리를 치유해주시며, 감싸주시는 분.
그래서, 영원히
감사하고, 사랑합니다.

# 붉은 노을처럼 난 너를 사랑해

### 갈릴래아 호숫가에서

미그달에서, 둘째 날 순례를 마치고, 갈릴래아 호수 근처의 숙소로 움직이는데, 마침, 이렇게 아름다운 석양이 펼쳐지고 있었다. 달리는 버스를 멈추고 내려서 가졌던 포토타임!!

호숫가에 핀 예쁜 꽃들. 2천 년 전에도 피어서 예수님과 제자들 곁에 있었을 것이다.

예수님이 갈릴래아에 3년이나 머무르며 공생활을 하신 이유는, 이처럼 아름다움이 가득했으니, 다른 곳 가는 게 싫었기 때문이 아닐까.

점점 해가 지기 시작하고

갈릴래아 호숫가는 붉게 물들었다.

이곳에서 예수님은 제자들을 부르시고, 자신이 꼭 하셔야 했던 일, 하느님 나라를 세상에 전하는 일을 시작하셨다.

예수님도 노을을 보면서, 좋기도 하다가, 하느님 나라를 위해 이런저런 계획도 세우다가, 또 앞으로의 일을 누구보다도 잘 알고 계신 분이시니 싱숭생숭도 하다가, 그러셨을까.

온전한 인간이며, 온전한 신,

예수님의 그때 그 마음은, 이곳에 고스란히 남아 있었다.


아니, 마음뿐 아니라, 예수님은 우리가 노을을 보는 그 순간 함께 하고 계셨다.

살면서 언제나 붉은 노을처럼 예쁘고 환상적인 일만 있는 건 아니다. 속상하고 힘든 일이 훨씬 더 많다고 느껴진다. 그럴 때마다, 혼자가 아님을 알려주시려고, 성지순례에 불러주셨던 게 아닐까 싶다.

붉은 노을에 담긴 사랑을 언제나 잊지 말라는 그 마음이

가득 느껴졌다.

달빛은 사랑을 담고

갈릴래아 숙소 엔게브 키부츠 리조트

예루살렘 지역과 나자렛에선 숙소가 호텔이었지만, 갈릴래아로 와서 묵게 된 곳은, 호숫가 바로 옆에 있는 **엔게브에 있는 '키부츠 리조트'**였다. 이스라엘에 와서 찾은 세 번째 숙소였는데, 도착 전까지는 리조트라고 해서, 한국의 콘도 같은 곳인가 했었다.

저녁시간쯤 도착했는데, 이렇게 아름다운 곳이었다.

집 같은 숙소가 마치 마을처럼 꾸며져 있는데, 2명이 하나의 동에 묵었다.
완전 넓고 아늑!!

침실에서 바로 갈릴래아 호수가 보인다. 최고의 전망! 그런데 워낙 자연
속에 있는 숙소라서, 밖으로 연결된 문을 함부로 열지 말아야 한다.
다양한 동물과 곤충들이 방에 들어올 수 있다.

그리고, 호수 근처에서 낭만의 캠프파이어 시간도 가질 수 있었고,

식사하는 건물은 따로 있는데 자는 곳에서 몇 발자국만 걸어가면 된다. 이 리조트에 묵는 모두가 와서 밥 먹는 곳. 뷔페식인데, 이렇게 와인도 먹을 수 있다.

아침에 숙소 앞 고양이와도 인사하고, 청명한 갈릴래아 호수에 산책을 나갈 수도 있다, 새벽의 호수는 노을이 있을 때와는 또 다르게 맑았다.

갈릴래아에 묵는 동안 보름달이 떴었다. 사랑의 달빛이 우리를 비쳐주고 감싸주었던 시간! 성당, 성지, 그 모든 곳도 거룩하고 좋지만, 호수, 달빛, 잔잔한 바람, 작은 순간마다, 예수님을 느끼며, 일상이 기도가 된다는 게 무엇인가를 알게 되었다. 그리고, 성지순례는, 이스라엘에서의 그 기간뿐 아니라, 서울에 와서도 한발 한발 걸어가며, 예수님과 대화하며, 보름달을 보며, 계속 된다는 걸 느끼고 있다

**우리, 달빛에 실린 사랑에 감사하며 살아요**

# 그 이름을 불러주었을 때

## 카파르나움

갈릴래아 호수는 누구든 한번 머물면 반하게 되고, 생각만 해도 좋은 곳이다. 예전엔 물이 많으면 다양한 문명과 산업이 발달 할 수 있었으니, 갈릴래아 호수 근처는 아름다우면서 먹을 것도 풍부한 곳이었다.

그런데, 그 시절 그때, 예수님이 청년이던 때에는. 갈릴래아 기름진 땅들의 주인은 거의 예루살렘에 사는 기득권 층이었다. 갈릴래아에 있는 소작인들은 지주들과 지배국 로마의 이중적 착취에 시달려야 했고, 부패한 기득권층에 반항하는 청년들의 외침이 종종 일어났다

수백 년째 주변 강대국들에 의해 주권을 잃었던 이스라엘.
그러니, 힘없는 사람들은 지배계층의 억압과 착취에 지쳐만 갔고, 가난과 차별, 힘든 현실 속에서, 메시아를 기다릴 수밖에 없었을 듯하다.
예수님은 당시 사람들의 이런 어려움을 누구보다 잘 아셨을 것이다

물고기가 많이 잡혀 어업이 활발했던 갈릴래아 카파르나움의 어부 시몬 베드로는, 어느 날, 예수님의 부르심을 받는다.

## 어부 네 사람을 제자로 부르시다 (마르 1,16-20)

예수님께서 갈릴래아 호숫가를 지나가시다가, 호수에 그물을 던지고 있는 시몬과 그의 동생 안드레아를 보셨다. 그들은 어부였다. 예수님께서 그들에게 이르셨다. "나를 따라오너라. 내가 너희를 사람 낚는 어부가 되게 하겠다." 그러자 그들은 곧바로 그물을 버리고 예수님을 따랐다. 예수님께서 조금 더 가시다가, 배에서 그물을 손질하는 제베대오의 아들 야고보와 그의 동생 요한을 보시고, 곧바로 그들을 부르셨다. 그러자 그들은 아버지 제베대오를 삯꾼들과 함께 배에 버려두고 그분을 따라나섰다.

———— 🔖 ————

   예수님이 공생활 시작과 함께 제일 먼저 하신 일은 제자들을 부르신 것이다. 예수님의 부르심에 시몬 베드로와 그의 동생 안드레아, 그리고 야고보, 요한은, 즉각 그물을 내려놓고 예수님을 따라나선다. 그물을 내려놨다는 건, 바로 생계를 버렸다는 것. 대단한 용기였다.
   예수님의 '부르심' 이유는 **'함께 살자는 것'**이다. 함께 살았다는 건, 나중에 예수님 부활 이후 제자들에게 큰 힘이 된다. 모든 걸 다 보고 체험한 **목격증인**이 된 제자들.

예수님은, 카파르나움 베드로의 집에 머무르며, 제자들과 함께 사시고, 가르치셨다. 그래서 카파르나움이 첫 신학교라 할 수 있다.

베드로 성인

베드로 성인 집터와 기념 성당

카파르나움엔 베드로 성인이 장모와 함께 살던 집터가 남아 있고, 그 위에 기념 성당이 있다. 꽤 넓었던 집터. 장모도 모시고 살 정도로 베드로는 부자였나 보다. 어느 날 베드로의 장모가 앓아누웠는데, 성경을 읽으며 사람들이 추측하기로는, '아마도 어부로 멀쩡히 돈 잘 벌던 사위가 생계를 버리고 모르는 사람 쫓아다니게 되니 열병이 난거 아닐까'라며 예수님을 잘 몰랐던 베드로 장모가 이해된다는 얘길 하곤 한다.

그래서인지 어째서인지 정확한건 모르지만, 예수님은 아픈 베드로 장모의 손을 잡아 일으켜 고쳐주시고, 장모는 곧바로 예수님을 시중을 들며, 섬긴다.

그들은 회당에서 나와, 야고보와 요한과 함께 곧바로 시몬과 안드레아의 집으로 갔다. 그때에 시몬의 장모가 열병으로 누워 있어서, 사람들이 곧바로 예수님께 그 부인의 사정을 이야기하였다. 예수님께서 그 부인에게 다가가시어 손을 잡아 일으키시니 열이 가셨다. 그러자 부인은 그들의 시중을 들었다.


저녁이 되고 해가 지자, 사람들이 병든 이들과 마귀 들린 이들을 모두 예수님께 데려왔다. 온 고을 사람들이 문 앞에 모여들었다. 예수님께서는 갖가지 질병을 앓는 많은 사람을 고쳐 주시고 많은 마귀를 쫓아내셨다. 그러면서 마귀들이 말하는 것을 허락하지 않으셨다. 그들이 당신을 알고 있었기 때문이다.
(마르 1,29-34)

예수님은 카파르나움에서, 병든 사람, 마귀 들린 사람, 수많은 아픈 사람들을 고쳐주신다. 온 고을 사람들이 찾아왔다고 하니, 예수님의 명성이 얼마나 자자했는지 알 수 있다.

그리고, 심지어 **아무도 사람취급을 해주지 않았던 나병환자에게도, 예수님은 가엾은 마음이 들어 손을 대어 고쳐주신다.** (마르 1,41) 예수님이 가진 '가엾은 마음'의 뜻은 창자가 끊어질 정도로 '애끓는 마음'이라고 한다. 아픈 이들을 보시고 너무나 마음 아파하셨던 분. 그리고, 당시에는 아픈 사람은 죄인이었으니, 죄인에게 손을 댄다는 건 부정하게 되는 일이었고, 특히나, 나병환자에겐 아무도 손을 대려 하지 않았지만, 예수님은 그 모든 금기, 고정관념, 규칙들을 넘어서며, 손을 대어 고쳐주신다.

카파르나움 회당 터

그러한 부르심과 치유가 있었던 카파르나움 회당 터에서 야외 미사를 드렸는데, **부르심의 신기함, 내가 바로 이곳에 있다는 것의 놀라움, 그리고 예수님 마음이 느껴져 눈물이 많이 났다.**

 아마 내 안에 있던 힘겨움, 불안, 미처 내가 인지하지 못했던 상처들도
예수님의 손길 안에서 치유가 되었던 게 아닐까. 그래서, 미사를 드릴 때
많은 눈물이 났던 게 아닐까

갈릴래아 호수 근처 베드로 식당

　갈릴래아 호수 근처엔 베드로 식당이 있고, 메뉴에 '베드로 물고기'가
있는데, 먹어 봤더니 물고기가 생각보다 꽤 맛있었다.


　예수님은 지금 이 순간도, 우리를 부르고 계시고, 감싸 안아주시고,
속상해하는 마음을 순간순간 치유해주고 계신다.
예수님도 우리가 '예수님~~' 이렇게 부르길 기다리시는 거 아닐까.
오늘도 그 이름을 부르며, 나를 불러주신 그 마음을 떠올리며,
힘을 내 봅니다

# 이스라엘 위험하지 않아요?

이스라엘 성지순례를 다녀왔다고 하면 제일 많이 듣는 질문이, 위험하지 않았냐는 것이다. 겪어 보니, 개별여행이 아닌, 단체로 가는 성지순례는 전혀 위험하지 않고, 위험할 여유조차 없었다.

성지순례는 첫날부터 마지막 날까지, 성당과, 성지, 기념될만한 곳만 다니는데, 단체로 움직이며, 매일매일 미사를 드려야 하는 만큼 일정이 빡빡하고, 저녁이 되면 피곤해진다. 개인행동을 할 체력도 안 되니까, 가이드, 인솔사의 말만 잘 들으면 전혀 위험할 게 없다.

그리고, 패키지 성지순례의 꽃. 든든한 버스!
이 버스를 타고, 텔아비브 공항 - 예루살렘 - 나자렛 - 갈릴래아 - 다시 예루살렘 - 야포, 텔아비브
이렇게 8박 9일을 움직이니, 위험이란 요소가 접근조차 할 수 없다!

에인케렘, 세례자 요한 기념 성당 들어가는 길

버스에서 내려서 이렇게 성당으로 걸어가는 길도 예쁘기만 하고, 전혀 위험하지 않으니,

이스라엘에 가서 그 곳을 걸어보는 일, 망설이지 마세요.

# 행복하세요

참행복성당

다음 찾아간 곳은 참행복성당, 진복팔단 성당이라고도 하는 곳
The Beatitude Monastery
진복팔단(眞福八端)은, 한자어 그대로 여덟 가지 참 행복을 뜻한다.

마태오 복음에 따르면, 예수님께서는 제자들을 부르신 후, 본격적인 공생활을 시작하는데, 기적을 일으키며 많은 병자들을 고쳐주시고, 하느님 나라에 대해 가르치기 시작하셨다. 그 가르침을 듣기 위해, 요르단 건너편에서까지 수많은 군중들이 찾아왔다. 그날 그때처럼, 2019년에도 '참행복성당' 에는 수많은 사람들이 구름처럼 몰려와 있었다.

예수님의 가르침, 산상설교. '성서 중의 성서' 라고도 불리는 내용.
그 첫마디는, 다름 아닌 **'행복하여라'**였다. 남을 도와라, 공부를 많이 해라,
이런 게 아니라, 무조건, 밑도 끝도 없이 **'행복하여라'**

## 참행복 (마태 5,3-12)

"행복하여라, 마음이 가난한 사람들! 하늘 나라가 그들의 것이다.
행복하여라, 슬퍼하는 사람들! 그들은 위로를 받을 것이다.
행복하여라, 온유한 사람들! 그들은 땅을 차지할 것이다.
행복하여라, 의로움에 주리고 목마른 사람들! 그들은 흡족해질 것이다.
행복하여라, 자비로운 사람들! 그들은 자비를 입을 것이다.
행복하여라, 마음이 깨끗한 사람들! 그들은 하느님을 볼 것이다.
행복하여라, 평화를 이루는 사람들! 그들은 하느님의 자녀라 불릴 것이다.
행복하여라, 의로움 때문에 박해를 받는 사람들! 하늘 나라가 그들의 것이다.
사람들이 나 때문에 너희를 모욕하고 박해하며, 너희를 거슬러 거짓으로 온갖
사악한 말을 하면, 너희는 행복하다!
기뻐하고 즐거워하여라. 너희가 하늘에서 받을 상이 크다. 사실 너희에 앞서
예언자들도 그렇게 박해를 받았다."

반짝반짝 빛나는 성당 내부.

예수님 산상설교를 하시는 모습을 그려놓은 성화도 걸려있었다. 한 손을
번쩍 들고 계신 모습이 인상적이다.

참행복성당 정원에 말씀을 적어놓은 돌 판이 있었다. 성당을 나가면서, 다시 한 번 강하게 마음에 새기라는 뜻으로 다가왔다. 예수님께서 그토록 강조하셨던 '행복하여라'에 대한 내용을 찬찬히 다시 보니, 마음이 가난하고, 슬프고, 온유한 사람들에게 희망과 사랑을 전해주고 계셨다. 지금 힘겨움을 겪고 있는 모든 이에게, 행복을 물질적인 것에서만 찾지 말라는 호소를 하셨고, 나와 함께 하며 행복하자고 손을 내밀고 계셨다.

진정한 행복이 무엇인지 혼란스러울 때가 많다. 그럴 때 예수님의 외침 '행복하여라'를 생각하면, 내가 무언가 욕심을 내려던 것을 멈춰야겠다는 느낌이 온다. 그리고, 그분이 얼마나 우리가 행복하길 바라시는지, 다름 아닌, 제발 예수님 안에서 행복하길 바라시는지를 다시 떠올리게 된다.

예수님은 나자렛에서 자라며 행복하셨을 것이다. 행복 해 봤던 사람만이 행복의 소중함을 강하게 얘기 할 수 있기 때문이다. 지금 좀 힘들고 불행해도 돈 많이 모아서 나중에 행복해야겠다는 생각을 하는 사람들이 많지만, 지금 행복을 느끼며 행복하다는 게 뭔지 알아야, 나중에도 행복 할 수 있다고 히셨던 어떤 신부님의 강연 말씀이 떠오른다.
행복을 찾아 나서는 동화 '파랑새' 주인공처럼, 우리가 행복 때문에 헤맬 때, 내 마음 안에 예수님이 계시니, **바로 지금이 행복**이라는 걸 알려준 시간이었다.

# 사랑한다면 이들처럼

빵과 물고기 기적의 성당

갈릴래아 카파르나움 근처, '타브가'라는 곳에 있는
빵과 물고기 기적 성당 Tabgha Church of the Loaves and Fish 은
바로, 오병이어의 기적을 기념하는 곳이다.

타브가에 위치한 오병이어 성당 팸플릿

오병이어의 기적은, 그리스도교를 모르거나 성경을 모르는 사람도 한 번쯤은 들어봤을 이야기. 예수님께서, 물고기 두 마리, 빵 다섯 개로 5천 명을 먹이신 기적이다.

예수님께서 그들에게, "너희에게 빵이 몇 개나 있느냐? 가서 보아라." 하고 이르셨다. 그들이 알아보고서, "빵 다섯 개, 그리고 물고기 두 마리가 있습니다." 하고 대답하였다. 예수님께서는 제자들에게 명령하시어, 모두 푸른 풀밭에 한 무리씩 어울려 자리 잡게 하셨다. 그래서 사람들은 백 명씩 또는 쉰 명씩 떼를 지어 자리를 잡았다. 예수님께서는 빵 다섯 개와 물고기 두 마리를 손에 들고 하늘을 우러러 찬미를 드리신 다음 빵을 떼어 제자들에게 주시며, 사람들에게 나누어 주도록 하셨다. 물고기 두 마리도 모든 사람에게 나누어 주셨다.
사람들은 모두 배불리 먹었다. 그리고 남은 빵 조각과 물고기를 모으니 열두 광주리에 가득 찼다. 빵을 먹은 사람은 장정만도 오천 명이었다.
(마르 6,38-44)

예수님 살던 시대에는 여자와 어린아이를 사람으로 넣어서 세지도 않았다고 하니, 5천 명은 남자들만의 숫자이고, 여자와 어린아이까지 포함하면 어마어마하게 많은 사람들이 배불리 먹었다는 것이다.

오병이어 성당 바닥

성당 바닥에는 이렇게 예쁜 그림이 그려져 있고

제대와 천장에 달려있는 촛대가 예술 작품 같다.

　제대 아래엔 물고기 두 마리와 빵 다섯 개를 상징하는 그림이 그려져 있었다. 그런데, 그림 안에 빵은 왜 4개뿐인지 의문이 들었는데, 알고 보니, 미사에서 성체를 모시는 것, 즉, 매일 미사의 성체성사를 통해 우리에게 오시는 예수님의 몸이 나머지 하나의 빵이기 때문이다. 그러니, 우리를 살리는 오병이어의 기적은, 2천 년 전뿐 아니라, 지금 이 순간도 계속되고 있는 것이다. 그리고, 제대 아래 있는 건, 바로 예수님께서 빵을 얹으셨다고 하는 바위이다.

초 봉헌 하며 마음을 올리고,

순례단 모두 한마음으로, 가톨릭 성가 166번 '생명의 양식'을 불렀다

이 빵은 나의 몸 너희에게 주노라
내 몸 먹는 자들은 죽음 당하지 않고
영원 생명 얻으리
나 그를 사랑하여 나 그를 살게 하리
나 그를 영원히 영원히 살게 하리

오병이어 성당 마당

많은 사람들이, 물고기 두 마리와 빵 다섯 개로 어떻게 5천 명을 먹이냐고 의심을 품는다. 그러면서, 어떤 이들은, 진짜 그렇다기보다 그 순간 여러 사람들이 음식을 많이 가져와서 그런 거라고, 거기서 봉사와 나눔을 볼 수 있다고, 설명 가능 해 보이는 합리적인 부분을 찾으며 얘기하는데, 이건, 그냥 기적이다.
**굳이 설명 할 필요가 없는 기적.**

**나를 살리는 진짜 양식은 무엇일까?**

아무리 비싸고 좋은 음식을 먹는다고, 핫플레이스 가서 인증샷 올리며 커피와 달콤한 케이크를 먹는다고, 그게 날 살리는 양식이 되진 못할 것이다. 나를 살리는 건, 내가 진정 살아있음을 느끼게 하는 사랑이며, 그 사랑을 주고받는 순간 기적이 일어난다

사랑은,
**사람을 살게 하는 단 하나의 방법.**
그래서 오늘도

**사랑합니다**

# 두려워하지 마세요

## 갈릴래아 호수 보팅

갈릴래아 호수를 더 가깝게 느끼기 위해 꼭 거친다는 코스, 보트 타기!!

바다 같은 호수 위, 배를 타고

시각, 후각, 촉각 다 동원해서 잔잔한 물결의 체험!

  예수님과 제자들이 갈릴래아 호수에서 배를 타며 생긴 에피소드가 몇 개
있다. **어느 날, 예수님이 제자들과 배를 타고 호수를 건너시는데, 폭풍우가
몰아쳐서 배에 물이 들어온다.**

———— 🔖 ————

예수님께서 배에 오르시자 제자들도 그분을 따랐다. 그때 호수에 큰 풍랑이 일어
배가 파도에 뒤덮이게 되었다. 그런데도 예수님께서는 주무시고 계셨다. 제자들이
다가가 예수님을 깨우며, "주님, 구해 주십시오. 저희가 죽게 되었습니다." 하였다.
그러자 그분은 "왜 겁을 내느냐? 이 믿음이 약한 자들아!" 하고 말씀하셨다. 그런
다음 일어나셔서 바람과 호수를 꾸짖으셨다. 그러자 아주 고요해졌다.
(마태 8,23-26)

———— 🔖 ————

  이 이야기를 얼마 전 성경에서 다시 읽다가 눈물이 났었다. 아무리 힘든
상황이더라도, 알고 보면, 예수님은 늘 곁에 같이 계시고, 내가 투정
부리면 날 괴롭게 만드는 것들을 혼내주는 분인데, 그렇게 사랑해주시는

분인데, 난 왜 그렇게 징얼대고 속상해 했을까. 예수님 배에 함께 타고 계신 걸 자주 잊어버리니, 믿음이 약하다며 잔소리를 하시나보다.
**그런가하면 또 하나의 에피소드**

—— 🔖 ——

 마침 맞바람이 불어 노를 젓느라고 애를 쓰는 제자들을 보시고, 예수님께서는 새벽녘에 호수 위를 걸으시어 그들 쪽으로 가셨다. 그분께서는 그들 곁을 지나가려고 하셨다. 제자들은 예수님께서 호수 위를 걸으시는 것을 보고, 유령인 줄로 생각하여 비명을 질렀다. 모두 그분을 보고 겁에 질렸던 것이다. 예수님께서는 곧 그들에게 말씀하셨다. **"용기를 내어라. 나다. 두려워하지 마라."** (마르 6,48-50)

—— 🔖 ——

 **예수님은 이 호수 위를 걸으셨다고 한다.**
그런데, 제자들의 반응은, 예수님이 유령인 줄 알고 비명을 질렀다. 예수님께서 아픈 사람, 병든 사람들을 고쳐주시고, 특히, 물고기 두 마리 빵 다섯 개로 5천명을 먹이신 기적을 본 직후였는데, 제자들은 예수님이 물 위를 걷는 걸 보고 겁을 먹었다. 그러자, 예수님께서 하신 말씀은 너무도 의연하게, **"나다, 두려워하지 마라"** 제자들을 달래는 말씀을 하셨다.

 성경에서 이 부분을 접할 때마다 제자들의 마음이 이해가 안 되었고, 지금도 잘 모르겠다. 예수님의 그 대단한 기적들을 직접 옆에서 봤는데 왜 깨닫지 못하고 오히려 제자들의 마음은 완고해졌던 걸까?(마르 6,52). 읽고 또 읽어도 완고해졌다는 단어가 와 닿지 않는다. 내가 직접 예수님 물위를 걸으시는 걸 봤다면, 신기해서 와, 물 위도 걸으시네, 감탄을 쏟아내며 마냥 놀라워했을 텐데.

아무리 좋은걸 보여줘도 알지 못하면 소용없다는 얘기가 떠오른다.

예를 들어, 고고학적으로 가치가 수억 원 정도 되는 굉장한 유물이 발견되었는데, 그 것에 대해, 나 스스로가 위대한지 어떤지 깨닫지 못하면, 수억 원이 손에 있더라도 그걸 갖고 싶은 생각이 안 드는 것이다.

예수님이 보여주셨던 그 수많은 것들. 2천 년 전의 치유뿐 아니라, 지금 우리 일상 속의 많은 치유, 변화들을 내가 느끼지 못하면 아무 소용이 없을 것이다.

그걸 느끼고, 알기 위해, 우리의 몸과 마음이 늘 열려있길 바라며

잔잔한 물결에 마음을 실어, 기도합니다.
함께 해주어서 감사합니다.

소중한 너

카이사리아 필리피 지역

이스라엘이 신비스러운 신성의 나라인 것이 온몸으로 느껴지는 곳이 바로 '텔 단'이다. 심지어 이스라엘도 아닌 것 같고, 어디 동화 속 수풀 안에 와 있는 기분이 들었다.

텔 단은, 요르단 강의 발원지 3개 중 하나인데, 3개 중 단 강(DAN River)이 제일 크고 중요하게 여겨진다. 이 샘의 원천은 국경지역에 있는 헤르몬 산인데, 산에 쌓였던 눈이 녹아서 내린 물이 흐르는 것이며, 갈릴래아 호수로 들어가는 시작 지점이라 할 수 있다.

'단'은 이스라엘 12지파 가운데 한 지파로 야곱의 다섯 번째 아들 이름을 딴 것이다. (창세기에 이름 나와요!) 어느 정도 위치인지 지도에서 찾아봤더니, 갈릴래아 호수에서 한참 위로 올라 간 곳!

꼬불꼬불 우거진 수풀 길을 다 지나고나니, 어마어마한 바위벽을 만났다.

이곳은 The Sacred Precinct 성스러운 종교 구역이라고 되어있는데,
사실, 이스라엘의 솔로몬 왕이 죽은 후, 반란을 일으켜 왕이 된 예로보암
왕 시대에 우상숭배가 이뤄진 곳이다.

예로보암 왕은 하느님 대신 금송아지를 만들어 높은 단상에 모시고, 그
아래에 제물을 바쳤다. 그 제단을 마련해 놓았던 터의 흔적이 남아있다.

큰 나무 아래에 금송아지를 모시고, 번제물을 올린 사람들. 하느님께 마음을 두지 않고, 사사로운 문제, 권력, 재물에 마음을 쓰며 금송아지가 해결 해 줄 거라는 잘못된 생각은, 우리 역시 쉽게 저지를 수 있다. 눈 앞의 금송아지, 헛된 것, 번쩍이며 좋아 보이는 권력에 마음을 두는 것! 그 끝은 불행임을 늘 기억해야 한다. 악한 길에서 돌아서지 않은 예로보암 왕은 결국 멸망하여 땅에서 사라지게 되었다고 한다 (1열왕 13,34)

그리고, 이 지역은 헬레니즘 시대, 그리스 신화에 나오는 판(Pan) 신(헤르메스의 아들로 피리를 부는 목양의 신)을 모시는 곳이었다. 그래서 이곳의 이름을 파네아스(Paneas)라고 불렀는데 후대에 아랍인들이 이 지역을 점령하면서 바니아스라고 부르게 됐다. (아랍인들은 '판'이라는 발음을 하는 데에 어려움이 있다고 한다) 신기하고 섬뜩한 느낌을 주는 깎아내린 암벽과 고대의 유적들, 수려한 자연경관을 볼 수 있는 만큼, 이곳은 **이스라엘 국립공원**으로 보존돼 있다.

판 신전의 흔적처럼 보이는 돌들이 곳곳에 놓여있다.

그렇지만 그리스도 신자들이 이곳을 찾는 이유는, 무엇보다도 **시몬
베드로가 예수님께 "살아 계신 하느님의 아들 그리스도"라고 신앙을 고백한**
곳, 바로 **카이사리아 필리피** 지방이기 때문이다

예수님께서 카이사리아 필리피 지방에 다다르시자 제사들에게, "사람의 아들을 누구라고들 하느냐?" 하고 물으셨다. 제자들이 대답하였다. "세례자 요한이라고 합니다. 그러나 어떤 이들은 엘리야라 하고, 또 어떤 이들은 예레미야나 예언자 가운데 한 분이라고 합니다." 예수님께서 "그러면 너희는 나를 누구라고 하느냐?" 하고 물으시자, 시몬 베드로가 **"스승님은 살아 계신 하느님의 아드님 그리스도이십니다."** 하고 대답하였다.

(마태 16,13-16)

예수님은 공생활을 하시며, 수많은 구마, 치유, 놀라운 기적들을 보여주셨다. 이건 단지, 초능력을 자랑하시기 위함이 아니고, 우리를 사랑하는 마음으로, 하느님의 뜻을 전하기 위한 것이었다. 그리고, 이제 마치 공생활의 총정리처럼, 자연이 수려한 이곳에서 (아마도 제자들과 함께 피정 오신 게 아닐까 싶은데) 제자들에게, 사람들이 자신을 누구라 하더냐고 물으신다.

제자들이 전하는 세상의 풍문들을 다 들으신 예수님께서는 '그러면 너희는 나를 누구라고 하느냐'며 직접적인 질문을 하신다. 그러자 베드로는 예수님을 '하느님의 아드님 그리스도'라며 신앙고백을 한다.

그에 대한 응답이랄까, 예수님께선 시몬을 "베드로" 곧 '반석'이라는 이름으로 부르시면서 '하늘나라 열쇠'를 주신다고 하시는데(마태 16,18-19), 이곳, 카이사리아 필리피의 깎아지른 암벽이 너무도 강렬하게 딱 눈에 들어오셨으니, 금방 생각나신 단어가 '돌'이니까 이름을 그렇게 지어주셨던 게 아닐까라는 장난스런 생각도 문득 들었다.

혹시라도 예수님 눈앞에 암벽만 보이니까, 즉석에서 시몬에게 '베드로' 즉, '반석'이라는 이름을 주셨다고 하더라도, 교회의 기초가 된다는 뜻이니, 1대 교황 베드로 성인에게 이처럼 딱 맞는 표현이 어디 있겠는가! 예수님은 재치와 센스도 있으시다.

**나에게 예수님은 누구일까, 저마다 다를 것이다**
누군가에겐 그냥 그런 기적을 일으킨 인물 중 하나일 수도 있겠지만, 적어도 나에게 예수님은, 내 인생을 바꿔놓은, **나의 주님 나의 하느님**이다.

이스라엘에 가면 이런 신앙고백이 저절로 나오는 곳이 많다.
우리가 언제 또 이렇게, 나의 예수님, 나의 주님, 당신만이 나의 모든 것이라고 입을 열어 자신 있게 얘기 할 수 있을까?
모든 게 이루어지는 곳. 사랑 고백이 절로 나오는 곳
그곳이 바로 이스라엘이다.

# 지금 이 순간

거룩한 변모 기념 성당

이스라엘에서 아름다웠던 곳을 손꼽으라면 이곳을 빼놓을 수 없다.
타보르 산 Mount Tabor 에 있는
**거룩한 변모 기념 성당 Church of the Transfiguration**

이곳은, 말 그대로 '산'이고, 어떤 분은 농담처럼, 이스라엘이 다 보이기 때문에, 모든 걸 다 볼 산 이니까 '타보르 산' 이라고 하셨는데, 그만큼 굉장히 높은 곳에 위치해 있다. 갈릴래아 호수에서 서남쪽으로 약 20㎞ 지점에 위치해 있으며, 해발 588m의 산이다.

그래서, 타보르 산 거룩한 변모 기념 성당으로 올라가는 승합차가 따로 운영된다

거룩한 변모 기념 성당 입구

올라가니, 이렇게 푸르른 하늘이 반기고 있었다.

이 성지는 프란치스코 수도원에서 관리를 하고 있었는데, 성당 바로 앞에, 수도원에서 운영하는 이탈리아 식당도 있다. 식당 내부나, 음식이나, 잠시 이탈리아에 와 있는 게 아닌가 하는 착각이 들 정도였다. 미사의 아름다움을 레스토랑에서 먼저 맛 볼 수 있었다.

**거룩한 변모**는, 베드로가 예수님을 향해 '하느님의 아들 그리스도'라는 신앙고백을 하고 엿 새 뒤에, 예수님께서 직접 베드로, 야고보, 요한을 데리고 산에 오르시어 수난, 죽음 이후, 부활의 영광을 미리 보여주신 사건이다.

——— 🔖 ———

엿새 뒤에 예수님께서 베드로와 야고보와 요한만 따로 데리고 높은 산에 오르셨다. 그리고 그들 앞에서 모습이 변하셨다. 그분의 옷은 이 세상 어떤 마전장이도 그토록 하얗게 할 수 없을 만큼 새하얗게 빛났다. 그때에 엘리야가 모세와 함께 그들 앞에 나타나 예수님과 이야기를 나누었다. 그러자 베드로가 나서서 예수님께 말하였다. "스승님, 저희가 여기에서 지내면 좋겠습니다. 저희가 초막 셋을 지어 하나는 스승님께, 하나는 모세께, 또 하나는 엘리야께 드리겠습니다." 사실 베드로는 무슨 말을 해야 할지 몰랐던 것이다. 제자들이 모두 겁에 질려 있었기 때문이다. 그때에 구름이 일어 그들을 덮더니 그 구름 속에서, "이는 내가 사랑하는 아들이니 너희는 그의 말을 들어라." 하는 소리가 났다.
(마르 9,2-7)

——— 🔖 ———

그 어떤 말로도 표현 할 수 없을 만큼 예수님이 새하얗게 빛난 것을 본 베드로와 제자들은 겁에 질려 무슨 말을 해야 할지 모를 정도였나 보다. 하지만, 이곳에 초막 셋을 지어서 같이 살았으면 좋겠다는 그 말만큼은 꼭 나서서 하고 싶었던 베드로의 마음이 십분 이해될 정도로, 타보르 산은 정말 좋은 곳이었다.

 성당에 옥상 같은 곳이 있는데, 이렇게 구름 한 점 없는 파란 하늘을 두
눈에 또렷이 담을 수 있는 명당이었다.

 성당에 들어가면 구조가 특이했다

위쪽에는, 성경 내용대로, 예수님의 거룩한 변모 곁에 모세와 엘리야, 그 아래 제자들이 보고 있는 모습이 그려진 벽화와 제대가 있고, 그 아래층에도 미사를 드릴 수 있는 작은 공간이 있다. 우리 순례단은 아래쪽에서 오붓하고 사랑 넘치는 미사를 함께 했다

거룩한 변모 기념 성당 천사 벽화

많은 현대인들은, 제발 내가 어떻게든 변화되었으면 하고 바라는 듯하다. 조금 더 낫게, 조금 더 괜찮게, 혹은 조금 더 거룩하게! 요즘 같은 세상, 외모의 변화는 정말 쉽게 이뤄진다. 의학의 기술을 빌리고, 여러 가지 성분 좋은 화장품들, 그리고, 착시를 일으키는 패션과 함께, 사진으로는 1초만에 전혀 다른 얼굴로 바꿀 수도 있으니, 외적인 것의 조절은, 문제도 아니다.

하지만, 내면이 바뀌는 건, 시간이 흐르면 흐를수록 어렵다. 더 바빠지고, 더 개인화 되어가는 시대. 나 하나 잘되면 그만이라고 생각하는 사람들이 많아지는 세상 속 나의 성공만 바라는 마음이 가득한데, 나 혼자 거룩하게 변모한다고 해서 뭐가 좋아지는 걸까 하는 의구심도 든다. 하지만, 아무도 바뀌지 않고, 모두가 이대로 무미건조하게, 조금 차갑게 산다면, 살면서 받게 되는 상처나 아픔을 어루만져주는 일은, 아무도 할 수 없다.

사람은 절대 혼자 살아 갈 수 없고, 가족이든, 친구든, 연인이든, 옆집 사람이든 어떻게든 엮여있으며, 자의반 타의반으로 상처와 아픔이 오가기 마련이다.

 그럴 때, 내가 먼저 손을 내밀며 위로하고, 보듬어줄 수 있다면, 그게 거룩한 변모이지 않을까. 여러 일로 힘들어도, 혼자 인터넷 보며 해결하려는 사람들이 많아진 세상이지만, 내 마음이 바뀌어 내가 먼저 웃어주고, 내가 먼저 따뜻함을 전해 줄 수 있다면,

그게 바로, **변모,**

**사랑의 변화가** 아닐까 싶다

사랑의 대화

베드로 수위권 성당

갈릴래아 호수 근처에는 예수님이 한창 공생활 하시던 때의 흔적이 많지만, 베드로 수위권 성당 Church of the Primacy of Saint Peter 은, 예수님께서 수난, 죽음, 이후 부활하셔서 베드로를 만난 이야기가 담겨있는 곳이다.

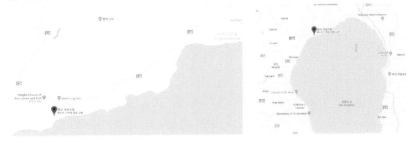

'빵과 물고기 기적 성당' 바로 옆에, 위치하고 있다.
갈릴래아 호수와 맞닿아 있는 성당. 고요함이 평온하게 다가오던 곳.

예수님과 제자들이 함께 지낸 기간은 3년. 이후, 예수님은 우리가 다 아는 것처럼 수난당하시고 십자가에서 돌아가신다.
심지어 예수님 곁에서 예수님을 '그리스도'라고 고백까지 했던 베드로는, 수난 당하실 때 그분을 모른다고 세 번이나 부인했으니 (그 수난 이야기는

뒤에 자세히) 예수님이 가시고 난 뒤, 제자들의 마음, 특히 베드로는 여러모로 무너졌을 것이다.

베드로는 마음을 다시 부여잡고, 물고기를 잡는 어부 생활로 돌아왔는데, 어느 날, 다른 제자들도 이 호숫가에 함께 있었고, 그때, 부활하신 예수님이 등장 하신다

—— 🔖 ——

어느덧 아침이 될 무렵, 예수님께서 물가에 서 계셨다. 그러나 **제자들은 그분이 예수님이신 줄을 알지 못하였다.** 예수님께서 그들에게, "얘들아, 무얼 좀 잡았느냐?" 하시자, 그들이 대답하였다. "못 잡았습니다." 예수님께서 그들에게 이르셨다. "그물을 배 오른쪽에 던져라. 그러면 고기가 잡힐 것이다." 그래서 제자들이 그물을 던졌더니, 고기가 너무 많이 걸려 그물을 끌어 올릴 수가 없었다.

예수님께서 사랑하신 그 제자가 베드로에게 "주님이십니다." 하고 말하였다. **주님이시라는 말을 듣자, 옷을 벗고 있던 베드로는 겉옷을 두르고 호수로 뛰어들었다.** 다른 제자들은 그 작은 배로 고기가 든 그물을 끌고 왔다. 그들은 뭍에서 백 미터쯤밖에 떨어져 있지 않았던 것이다. 그들이 뭍에 내려서 보니, 숯불이 있고 그 위에 물고기가 놓여 있고 빵도 있었다. 예수님께서 그들에게 말씀하셨다. "방금 잡은 고기를 몇 마리 가져오너라." 그러자 시몬 베드로가 배에 올라 그물을 뭍으로 끌어 올렸다. 그 안에는 큰 고기가 백쉰세 마리나 가득 들어 있었다. 고기가 그토록 많은데도 그물이 찢어지지 않았다. 예수님께서 그들에게 "와서 아침을 먹어라." 하고 말씀하셨다. 제자들 가운데에는 "누구십니까?" 하고 감히 묻는 사람이 없었다. 그분이 주님이시라는 것을 알고 있었기 때문이다.
(요한 21,4-12)

—— 🔖 ——

처음엔 부활한 예수님인 줄 몰랐던 제자들은, 그물 가득 물고기를 잡게 되고, 숯불에서 함께 물고기를 구워 먹으며, 그분이 주님이란 걸 온전히 알게 되었다. 예수님 수난당하시기 전, 어느 날 그때 그 순간, 행복했던 그 날처럼, 함께 식탁에 모여 앉아 식사를 하며 알게 된 존재. **나의 주님, 나의 하느님.**

예수님과 제자들이 함께 식사를 했다는 그 식탁, 성당 내부 제대 앞에 놓여 있었다. 멘사 크리스티, 주님의 식탁.

베드로 수위권 성당 제대 앞 멘사 크리스티: 주님의 식탁

베드로 수위권 성당

 그리고, 이곳의 이름이 '베드로 수위권 성당'인 이유. 바로, 예수님께서, 베드로에게 우리 교회를 맡기시며 권한을 주신 곳이기 때문이다.

 **수위권**이란, **모든 주교 가운데 제1의 권한. 곧 교황이 가진 권한을** 이른다. 그래서 베드로 성인이 1대 교황님이다. 그 수위권을 주시는 장면은, 요한복음 21장 15절에서 17절까지 등장하는데, 그 과정에서 애틋한 '사랑의 대화'가 오고간다.

## 예수님과 베드로가 나눈 〈사랑의 대화〉

부활하신 예수님이, 자신을 세 번 부인했던 베드로에게 '너는 나를 사랑하느냐'라고 세 번 물으시는데, 그에 대해, 베드로는 '사랑하는 줄 주님이 아십니다'라는 대답을 세 번 한다. 성경 원문을 보면 예수님이 말씀하신 '사랑'과 베드로가 대답한 '사랑'의 단어는 다르다. 예수님은 무조건적인 아가페($\alpha\gamma\alpha\pi\eta$) 사랑을 쓰시고, 베드로는 형제적인 필레오($\varphi\iota\lambda\varepsilon\omega$)사랑을 쓰고 있다. 내용을 분석하면서, 어떤 의미가 있는지 찾는 건 청년성서모임 요한 공부를 하면서 나누기로 하고, 내 느낌에, 이 대화는 너무나 힘겨운 일을 겪었던 두 분이 그간 전하지 못했던 복잡한 모든 마음을 털어놓는 순간이었던 듯하다.

내 마음이 이런데 네 마음은 어떠니? 제 마음도 그렇습니다.

나는 그대를 사랑해. 나도 그대가 좋아. 이런 느낌

사랑의 대화를 주고받은 곳답게, 바닥에 있는 돌이 하트 모양

125

베드로에게 안수를 주시는 예수님

　세상 끝났다 생각이 드는 순간, 그분은 찾아와 주시고, 사랑을 주신다. 맨날 뭔지도 잘 모르고, 어리석은 우리를 다독여주시며, 오늘도 일어나 걷게 해 주시는 분.
그 위대한 사랑에 감사합니다.
오늘도, 예수님과 사랑의 대화를 하기 위해, 기도를 해보렵니다.

# 그대에게 드리는 노란 꽃

겨자꽃

예수님께서는 하느님 나라에 대해 가르치실 때 '겨자씨에 대한 비유'를 많이 사용하셨는데, 왜 그렇게 겨자씨를 거론하시나 했더니, 다름 아닌, 이스라엘에 겨자 꽃 들이 무궁무진 많기 때문이었다.

이스라엘에서는 어디를 가더라도 고개만 돌리면 쉽게 볼 수 있는 무성하고 예쁜 겨자 꽃들.

겨자씨의 비유 (마태 13,31-32)
예수님께서 또 다른 비유를 들어 그들에게 말씀하셨다. "하늘 나라는 겨자씨와 같다. 어떤 사람이 그것을 가져다가 자기 밭에 뿌렸다. 겨자씨는 어떤 씨앗보다도 작지만, 자라면 어떤 풀보다도 커져 나무가 되고 하늘의 새들이 와서 그 가지에 깃들인다."

겨자씨는 손톱보다도 작고, 그 한 알은 눈에 잘 보이지도 않는 크기이다. 그런데, 그 겨자씨가 심어 자라나면, 꽃들이 무성해지고 아름다워지며, 거기에 새들이 와서 쉬기도 하고, 나비가 날아들게 된다.

'하느님 나라'도 이렇듯, 작은 믿음, 작은 시작이 무궁무진한 영향력을 발휘할 수 있다는 걸 예수님께서 전해주셨다.

### '하느님 나라의 신비'

어떻게 이렇게 커지는 건지, 세세하게 설명을 할 수 없다. 하느님 나라의 과정을 모두 안다는 건 불가능한 일이다. 하지만, 인간이 씨를 뿌려놓으면 겨자꽃이 무성하게 자라는 것처럼, 하느님이 완성시켜주는 그 신비가 존재한다는 것을 예수님은 끝없이 강조하셨다.

어떤 일이든 완성되는 때를 사람이 완벽하게 알긴 어려운 듯하다. 하느님께서 완성시켜주시는 그때를 위해, 하느님을 찬미하며, 열심히 씨를 뿌리는 것, 그 노력에 신은 축복을 내려주실 것이다.

그리고 예수님께서 또 강조하신 이야기

"너희의 믿음이 약한 탓이다. 내가 진실로 너희에게 말한다. 너희가 겨자씨 한 알만 한 믿음이라도 있으면, 이 산더러 '여기서 저기로 옮겨 가라.' 하더라도 그대로 옮겨 갈 것이다. 너희가 못할 일은 하나도 없을 것이다."(마태 17,20)

겨자씨 한 알만한 믿음이 있으면 산을 옮길 수 있다고 하셨다.
이 말씀은 예수님의 제자들이 아이에게서 마귀를 쫓아내지 못하자, 호통을 치시며 전하신 내용이다. 예수님은 당신께서 얼마 안 있어 수난, 죽음을 통해 제자들 곁을 떠나실 텐데, 이후 제자들이 만들어야 할 일들이 너무나 많고 힘들 것이니, 그때 가장 중요한 것이 믿음이란 것을 강조하신 것이다.

그 믿음이 있으면, 마치 산이 옮겨지듯이, 이스라엘이란 작은 나라에서 시작된 하느님 나라의 선포가 전 세계로 퍼질 것이란 걸 알려주셨다.

우린 어느 정도의 믿음이 있을까?

 겨자씨 한 알만 한 믿음만 있다면, 이렇게 아름답게 꽃 피우고, 심지어 산을 옮길 수도 있다는, 그 신비를 얼마나 믿고 있을까, 그 믿음이 없어 방황하고, 헤매는 거 아닐까.

 나약해지고 무너질 뻔한 마음을, 다시 가다듬게 만들어주는 신비로운 예쁜 겨자 꽃

# 혼자라는 생각이 들지 않게
# 내가 너의 손 잡아줄게

세례터, 사해, 이스라엘 음식

이제 갈릴래아의 일정을 마무리하고, 모든 짐을 싸서 예루살렘 지역의 순례를 위해 이동했다.

먼저 도착한 곳은 **세례터** The Baptismal Site of Jesus Christ

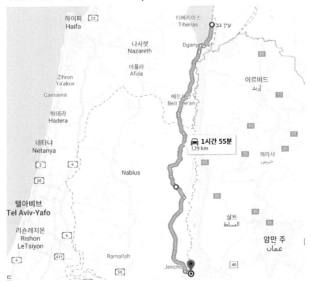

예수님께서 직접 갈릴래아에서 요르단강으로 오시어, 세례자 요한에게 세례를 받았다는 곳.

폭이 불과 5m도 되지 않아 보이는 요르단 강은, 이스라엘과 요르단의 국경이다. 이곳은 군사점령지역으로 원래는, 순례자들의 왕래가 쉽지 않은 곳이었다. 요르단 강을 국경으로 삼고 있는 이스라엘과 요르단은 성경에 등장한, 예수님께서 세례를 받으신 **'요르단 강 건너편'**(요한 1,28)을 두고 서로 자기 영토에 속한다고 옥신각신해왔다. 서쪽 이스라엘 영토에서 보면 건너편은 요르단 땅이고, 반대로 동쪽 요르단에서 보면 건너편은 이스라엘에 속하기 때문이다.

1994년 이스라엘과 요르단의 평화협정 전까지 이 일대는 긴장감이 감돌았는데, 2002년에 이르러 요르단이 먼저 세례터를 개방했다. 이스라엘은 2011년이 되어서야 세례터를 개방했고 지금은 양쪽 모두 자유로이 순례할 수 있다.

예수님께서 세례자 요한에게 세례를 받은 내용은, 너무나도 중요하고 명백한 사실이기에 4개 복음서에 공통으로 담겨 있다. 요르단 강은 세계에서 가장 낮은 강인데, 가장 낮은 곳에서, 그 누구보다 높은 분이 낮추고 낮추어 세례를 받으셨다는 그 사실을 되새기는 시간.

우리도 그 자리에서 세례터의 강물로, **세례 갱신식**을 했다.

> 온 백성이 세례를 받은 뒤에 예수님께서도 세례를 받으시고 기도를 하시는데, 하늘이 열리며 성령께서 비둘기 같은 형체로 그분 위에 내리시고, 하늘에서 소리가 들려왔다. "너는 내가 사랑하는 아들, 내 마음에 드는 아들이다."
> (루카 3,21-22)

우리의 세례 갱신식에도 성령께서 오시어 함께 해주셨을 거라고 믿으며, 요르단 강에 왔으니 빼놓을 수 없는 장소로 가야 한다.

## 바로 사해 Dead Sea

'사해'는 염분 농도가 약 26~33%로, 보통 바다의 염분 5%보다 6배나 많기 때문에, 생물이 살 수 없어서 붙여진 이름이다. 그 높은 염분 농도 때문에, 사해에 들어가 몸을 맡기면 가만히 있어도 물에 둥둥 뜬다.

우리 순례단도 몸이 둥둥 뜨는 신기한 체험을 하며, 즐거운 시간을 보냈다. 단, 염도가 강하기 때문에 바닷물이 눈에 들어가면 굉장히 따가우니 조심해야 한다. 과격한 움직임보다는, 한껏 여유로운 포즈로 인증샷을 남겨보는 걸 추천한다. 그리고, 사해 주변의 진흙은 미용 효과가 뛰어나 이를 활용한 화장품도 있이 선물로 좋은데, 사해 근처에서 사는 것보다 텔아비브 국제공항 면세점에서 사는 게 훨씬 저렴하면서도 좋은 제품을 살 수 있다.

그리고, 이스라엘에서의 즐거운 시간, 바로, 먹는 시간, 먹방 타임!
이스라엘 어느 식사마다, 넓은 부침개처럼 생긴 **피타 빵** Pita Bread, 그리고 다양한 샐러드들이 등장한다.
빵 안에 샐러드를 취향대로 넣어 먹으면 된다.

숙소마다 먹었던 뷔페 음식도 좋았다

예루살렘 단 호텔 뷔페

갈릴래아 숙소 뷔페

그리고, 순례 중 양고기도 먹었는데, 양고기를 평소 즐기지 않는 내가 먹기에도 굉장히 부드러웠고, 냄새도 전혀 나지 않았다.

이스라엘에선 식사를 하고 나면, 작은 컵에 아랍 커피가 나온다. 에스프레소보다 양이 적은데, 우리나라 사람들이 좋아하는 아메리카노와 비교하면 너무나 쓰지만, 씁쓸한 맛 그대로 매력이 있었다.

이국적인 언어가 적혀 있는 콜라병이 괜히 신기해 보였다.

거룩하고, 웅장한 성지뿐만 아니라, 웃고 떠드는 순간순간, 어느 작은 골목, 맛있는 음식이 나오는 식당, 어디에나 예수님은 계신다. 그처럼 우리가 어디서나 조금 더 즐겁기를 바라는 분.

언제나 되새기게 되는 사실은,
그 분이 계시기에 우리가 만났고, 우리가 혼자라는 느낌이 들지 않게 손잡아 주시고 계신다는 것!
그 덕에, 오늘도 힘겹지만, 힘차게 걸어가 봅니다.

다시 서는 저 들판에서
움켜쥔 뜨거운 흙이여

광야에서

## 광야라는 곳은, 참 한마디로 표현하기가 힘들다

이집트에서 노예 살이를 하던 이스라엘 백성은, 모세에 의해 기적적으로 탈출을 했지만, 약속된 가나안 땅에 바로 들어가지 못하고, 40년 동안 광야에서 떠돌이 생활을 한다. 그저 사막인 광야. 여기서 뭘 먹고 뭘 마셨을까 싶은 공간. 그늘은 없고 뜨거운 곳. 하지만, 젖과 꿀이 흐르는 약속의 땅으로 가려면 꼭 거쳐야 하는 장소. 광야.

그리고, 예수님은 세례를 받자마자 공생활을 시작하시기 전에, 광야로 가셔서 40일 동안 단식하며 지내셨는데, 그 곳에서 악마에게 유혹을 받으셨지만, 흔들림 없이 이겨내신다.

## 광야는 이렇게 우리를 단련하는 곳, 단련 받는 시간이다.

광야에 가서, 혼자 앉아 조용히 묵상하는 시간을 가졌는데, 눈을 들어 보니, 사막 같은 이곳에도 예쁜 꽃이 피어있고, 나비도 날고 있었다. 하지만, 너무나 삭막해서 혼자 있는 거 같고, 날 아무도 보지 않는 거 같은 느낌이 우선이니, 꽃이 잘 보이지 않기 마련이다. 그 힘든 시간에, 우리는 무얼 해야 할까. 주어진 단련과 시련의 시간에 어떤 길로 가야 하는지를 고민하고, 깨달아가는 게 우리의 몫이라는 생각이 들었다.

그리고, 유다 광야에 있는 도시 쿰란(Qumran)은 예수님이 오시기 전, 기원전 2세기에 '에세네파'라는 사람들이 모여 살고 있었다.

남자들만 모여 있었는데, 세속적인 것과 단절되어, 무조건 동굴 안에서 구약성경 필사만을 했다. 그런데, 이 사실을 2천여 년 간 아무도 모르다가, 1947년, 이곳의 양치기 소년이 길 잃은 염소를 찾으러 다니던 와중에 동굴을 발견했고, 힘겹게 동굴 안으로 들어갔더니, 오래된 항아리와 두루마리들이 잔뜩 있었다. 이것이 바로 20세기 성서고고학 최대의 발견이다. 이런 얘기를 들으면, 하느님이 사람을 도구로 쓰시는 방법에 감탄할 수밖에 없다. 많은 지식과 큰 재물이 있는 사람이 아닌, 어린아이에게, 역사적인 발견을 시키셨으니 말이다.

　파피루스 위에 고대 히브리어로 적어놓은 성경 사본. 에세네파의 흔적은, 국립공원 안에 보존되어 있다

이런 동굴에 들어가 모여서 살았다는 에세네파

에세네파 사람들은 언젠가 올 메시아를 기다리며, 성경을 필사하며, 기도하며, 자신들을 단련시키고 있었을 것이다. 그들의 이런 노력은, 후대에 너무나 소중한 기록이 되었으니, 지금 우리가 쓰고 읽고 말하는 것은, 또 어떤 흔적으로 남을지 모른다는 생각이 들었다.

이스라엘 사람들은, 잘 먹지도 못하고 풍족하지 못했지만, 광야에서 살 때가 가장 행복했다고, 지금도 얘기하고 있다. 수많은 시간 동안 부침이 많았던 민족. 남북으로 갈라졌다가, 유배 갔다가, 지배당했다가 어려움을 겪었던 그들은, 광야에서 살 때, 하느님과 너무나 가깝게 있었으니, 그때가 가장 행복한 시간이었다고 주저 없이 말할 수 있는 것이다.

환경이 어떻든 간에 함께 한다는 것의 소중함을 다시 한 번 느끼게 된다. 우린 다 각자 광야의 시간을 걸어가고 있으며, 때론 지치고 무너지며, 눈물을 흘리게 된다. 하지만, 눈을 들어 곁을 돌아봤을 때 예쁜 꽃이 피어있고, 구름기둥 불기둥이 내 옆에 있는 것처럼, 나를 소중하게 생각해주는 사람들이 있으며, 나의 하느님이 계시며, 그 안에서 우린, 어디로 어떻게 걸어가야 이 광야를 잘 지나갈 수 있는지 지혜를 청할 수 있으니,

그렇게 희망을 갖고,
다시 세상이란 들판에 서서,
힘껏 마음을 움켜쥐고 잘 걸어보자고요.

# 그 무엇도 우릴 막을 수 없어

예리코 자캐오 무화과나무, 착한 목자 성당

다음 방문한 곳은, 사해의 살짝 위쪽에 있는 도시 예리코(Jericho)

예리코는 성경에서만이 아니라, 세계 역사에서도 유명하다. 기원전 8000년경부터 있었다는 세계 최초의 도시이기 때문이다. 요르단 강 근처에서 예루살렘으로 들어가려면 거치게 되는 곳. 예수님도 이곳을 지나가셨고, 거기서, 자캐오라는 세관장이며 부자인 사람을 만난다

———— 🔖 ————

예수님께서 예리코에 들어가시어 거리를 지나가고 계셨다. 마침 거기에 자캐오라는 사람이 있었는데, 그는 세관장이고 또 부자였다. 그는 예수님께서 어떠한 분이신지 보려고 애썼지만 군중에 가려 볼 수가 없었다. 키가 작았기 때문이다. 그래서 앞질러 달려가 돌무화과나무로 올라갔다. 그곳을 지나시는 예수님을 보려는 것이었다. 예수님께서 거기에 이르러 위를 쳐다보시며 그에게 이르셨다. "자캐오야, 얼른 내려오너라. 오늘은 내가 네 집에 머물러야 하겠다." 자캐오는 얼른 내려와 예수님을 기쁘게 맞아들였다.

(루카 19,1-6)

———— 🔖 ————

　자캐오가 올라갔다는 돌무화과나무가 울창한  모습으로 자리하고 있었다. 나는 이 구절을 읽을 때 재밌었던 게, 키가 작은 자캐오는 예수님이 어떤 분인지 보려고, 돌무화과나무에 올라갈 정도로 애를 썼는데, 예수님은 신기하게도, 이미 자캐오 이름을 정확하게 알고 계셨다. **"자캐오야 얼른 내려오너라"**

　자캐오는 예수님을 한 번이라도 보고 싶고 좀 더 알고 싶어서 안달복달한 상태였는데, 예수님은 자캐오에 대해 다 알고 계셨던 상황.

　예수님은 이런 분이다. 내가 자캐오처럼 신앙이 없었고, 예수님이란 분에 대해 궁금증만 있었을 때에도 내 이름까지 다 알고 계셨으며, 그러더니 나에게 오셨고, 구원해주시고, 지금의 나를 만들어주신 분.

그리고, 예리코 근처에 있는 **유혹산 Mount of Temptation** 을 조망했는데, 마태오복음에 보면, 예수님께서 세례를 받고 광야에 가셨을 때 악마에게 유혹을 연이어 세 번 받으신다. 그 세 번째 유혹에서 악마가 예수님을 데려갔다는 '매우 높은 산'이, 바로 이곳이다.

―――― 🔖 ――――

악마는 다시 그분을 **매우 높은 산**으로 데리고 가서, 세상의 모든 나라와 그 영광을 보여 주며, "당신이 땅에 엎드려 나에게 경배하면 저 모든 것을 당신에게 주겠소." 하고 말하였다. 그때에 예수님께서 그에게 말씀하셨다. "사탄아, 물러가라. 성경에 기록되어 있다. '주 너의 하느님께 경배하고 그분만을 섬겨라.'" 그러자 악마는 그분을 떠나가고, 천사들이 다가와 그분의 시중을 들었다.

(마태 4,8-11)

―――― 🔖 ――――

이 산은, 해발 350m인데, 산 중턱 동굴에 정교회 수도원이 있다. 이 동굴은 예수님께서 세례를 받은 후 광야에서 40일 동안 단식했을 때 계셨던 곳이라는 전승이 전해온다.

점점 강도가 세졌던 악마의 유혹을 예수님께서 어떻게 거뜬히 물리쳤나 복음을 잘 읽어보니, 성경말씀으로 마치 광선검 쏘듯이 쏘아붙이시며 악마를 쫓아내셨다. 그러니, 우리에게 다가오는 수많은 유혹들을 없앨 때 말씀의 역할이 얼마나 큰 지, 두 말 할 필요가 없다.

유혹산을 함께 바라보고 있던 낙타. 가까이서 보니, 신기했다.

그리고, 하루를 미무리하는 미사를 위해
**착한 목자 성당 Good Shepherd church** 으로 향했다.
'착한 목자 성당'은 자캐오와, 예수님께서 예리코에서 만났던 또 한명의
인물 티매오의 아들 소경 바르티매오를 기념하기 위해 건립되었다.
**자캐오와 바르티매오의 공통점은 바로, 앞을 가리는 것들을 헤치고**
**예수님을 만났다는 것!**
　자캐오가 키가 작아 돌무화과 나무에 올라가 예수님을 만났다면,
바르티매오는 보이지 않는 소경이었지만, 예리코에 예수님이 찾아오셨다는
얘기를 듣고 수많은 인파 속에서 소리를 질러 예수님이 자신을 보게
만든다. 사람들이 조용히 하라고 했지만 개의치 않고 "다윗의 자손 예수님,
저에게 자비를 베풀어 주십시오"라고 얘기하자, 예수님께서는
바르티매오를 불러오라고 하시고 눈을 뜨게 해 주신다.(마르 10,47-52).
그는, 그렇게 앞을 가로막았던 상황들을 헤치고 예수님께 치유를 받았다.

너무나 예쁜 성당. 예쁜 사람들의 예쁜 마음이 모여 드린 미사.

성당 마당에 계신 성모님은 커다란 묵주를 목에 걸고 계셨고, 그 뒤에 나무는 더욱 더 커다란 묵주를 걸고 있었다. 그렇게 우릴 위해, 그리고 착한 목자들을 위해 기도해주시는 성모님

예수님과 나 사이를 가로막는 건 무엇일까, 예수님을 못 보게 만드는 건 무엇일까

어쩌면 내 마음의 불안, 걱정, 두려움 그런 것들이 아닐까 라는 생각을 해본다. 어떤 책에서 봤는데 '두려움'은 칠죄종에 들어가지는 않지만, 신앙생활을 막는 큰 걸림돌이라 했다. 두려워서, 불안해서, 예수님을 크게 부르지 못한다면, 그래서, 내 신앙이 더 탄탄하게 성장하는 걸 방해한다면, 잠시 마음을 가다듬고, 마음의 방향을 바꾸도록 노력하는 내가 되기를 바란다.

# 혼자가 아닌 너

예루살렘 입성 기념 성당, 주님 승천 경당

이스라엘 성지순례를 할 때, 오직 단 한 곳만 가야 한다면,
그 곳은 **예루살렘!**
예수님이 세상에 드러낸 영광의 모든 흔적이 다 있는 곳. 그래서, 전
세계 순례자들이 지금 이 순간도 찾아가고 있으며, 복음을 보고 듣고 만질
수 있는 곳. **'성지순례는 제5의 복음서'**라는 말이 그대로 마련되어 있는 곳.
하지만, 예루살렘은 갈릴래아처럼 마냥 화기애애한 분위기는 아니다.
예수님이 돌아가셨던 곳인 만큼 전체적으로 긴장감이 감돈다.

예루살렘에서 가장 먼저 찾아간 성지는,
올리브 산에 있는, **벳파게 프란치스코회 성당 Bethphage**
'벳파게'란, '익지 않은 무화과나무의 집'이란 뜻이다.

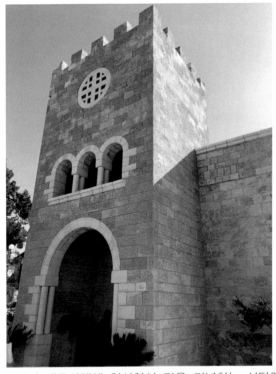

여기는, 예수님께서 예루살렘에 입성하신 것을 기념하는 성당이다.

성당 마당에는 예수님이 나귀를 타고 오시는 모습과 그 옆에서 크게 환호하며 기뻐했던 사람들을 담은 조각 작품이 놓여 있다.

———— 🔖 ————

제자들은 그 어린 나귀를 예수님께 끌고 와서 그 위에 자기들의 겉옷을 얹어 놓았다. 예수님께서 그 위에 올라앉으시자, 많은 이가 자기들의 겉옷을 길에 깔았다. 또 어떤 이들은 들에서 잎이 많은 나뭇가지를 꺾어다가 깔았다. 그리고 앞서 가는 이들과 뒤따라가는 이들이 외쳤다. "'호산나! 주님의 이름으로 오시는 분은 복되시어라.' 다가오는 우리 조상 다윗의 나라는 복되어라. 지극히 높은 곳에 호산나!"
(마르 11,7-10)

———— 🔖 ————

가톨릭에선, 부활절 전 주에, 주님성지주일을 통해, 예수님의 예루살렘 입성을 기념한다. 그때, 2천 년 전 예수님을 환호했던 예루살렘 사람들이 흔들었다는 올리브 나뭇가지를, '성지'(축성된 가지)로 하나씩 받게 되고, 그 가지를 1년 동안 예수님 십자가상 곁에 두며, 수난, 죽음, 부활, 승천을 되새긴다.

프란치스코 수도회가 관리하는 이 성당에선, 해마다 성지 주일에 예수님 입성 기념 행렬을 재연하며, 올리브 산을 내려오는 예식을 펼친다.

사람들이 예수님을 향해 환호했던 이유는 무엇일까, 루카복음에 그 내용이 조금 담겨있었다.

어린 나귀를 예수님께 끌고 와 그 위에 자기들의 겉옷을 걸치고, 예수님을 거기에 올라타시게 하였다. 예수님께서 나아가실 때에 그들은 자기들의 겉옷을 길에 깔았다. 예수님께서 어느덧 올리브 산 내리막길에 가까이 이르시자, 제자들의 무리가 다 자기들이 본 모든 기적 때문에 기뻐하며 큰 소리로 하느님을 찬미하기 시작하였다. 그들은 이렇게 말하였다. "'주님의 이름으로 오시는 분 임금님은 복되시어라.' 하늘에 평화 지극히 높은 곳에 영광!" (루카 19,35-38)

제자들의 무리는 자신들이 봤던 기적들 때문에 기뻐하며 찬미했다고 되어 있다. 아마, 제자들 뿐 아니라 수많은 사람들은 예수님이 기적을 일으키는 능력을 가졌으니, 앞으로 정치적으로나, 일상에서나, 모든 면에서 해방시켜줄 메시아로 생각하고 환영했었을 것이다.

하지만, 예수님이 예루살렘에 입성하신 건, 수난당하시고 돌아가시기 위해서였다. 자신들이 환호했던 메시아가, 그런 수난을 당할 거라고는 상상도 못하고, 마냥 소리 질렀던 사람들.

성당 안에는, 예수님이 나귀를 타실 때 밟으셨다는 돌이 놓여있었다. 돌이 굉장히 높았는데, 예수님 알고 보니 롱다리의 주인공이었거나, 혹은, 누가 손잡아줘서 올라갔거나, 진실은 두 가지 중 하나일 것이다.

성당 내부 벽면에, 우리가 미사에서 바치는 기도문 중에 나오는 말. '**높은 데서 호산나. 호산나 인 엑스첼시스**'가 적혀있다. '호산나'는 '저희를 구원해주세요'라는 뜻이다.

세상 사람들이 바라는 방식은 아니었지만, 수난, 죽음, 부활, 승천을 이뤄내신 예수님은, 이제, 우리를 매일 구원해주고 계신다.

다음으로 찾은 곳은

주님 승천 경당 Chapel of the Ascension

부활하신 예수님께서 40일 동안 제자들에게 나타나셨다가 다시 하늘로 올라가셨다는 곳. 현재는 이슬람 사원 뜰 내부에 있다.

———— 🔖 ————

## 승천하시다 (루카 24,50-53)

예수님께서는 그들을 베타니아 근처까지 데리고 나가신 다음, 손을 드시어 그들에게 강복하셨다. 이렇게 강복하시며 그들을 떠나 하늘로 올라가셨다. 그들은 예수님께 경배하고 나서 크게 기뻐하며 예루살렘으로 돌아갔다. 그리고 줄곧 성전에서 하느님을 찬미하며 지냈다.

　내부 천장은 돔 모양이었다. 원래는 하늘을 쳐다볼 수 있도록 **지붕을 덮지 않았는데,** 이슬람교 사원으로 개조되면서 둥근 지붕을 씌워 지금의 돔 모양이 되었다. 그리고, 내부에는 예수님 승천하실 때 밟으셔서 오른쪽 발자국이 찍힌 돌이 놓여 있었다.

그리고, 이곳에서 함께 했던 우리의 기도

당신과 지상에서의 마지막 만남을 하셨던 장소에 저희가 와 있습니다.
부활의 기쁨을 채 누리기도 전에 당신은 또 제자들을 떠나십니다.
그러나 당신께서 마지막 순간에 약속하신 것처럼 주님께서 아버지께로 가는 것이
이제 저희에게는 기쁨이 되며 저희는 지상에서 홀로 있는 고아가 아님을
깨닫게 됩니다.
협조자이신 성령을 보내주시고 성령의 능력으로
이제 저희가 주님께서 이 세상에서 하셨던 일을 이어 받습니다
천사가 나타나 전한 말씀 당신께서 올라가셨던 모습으로
다시 저희에게 오심을 믿습니다.
구름이 당신을 감싸며 모습이 사라지셨듯이 구름이 다시 당신을 감쌀 때마다
당신의 모습이 저희에게 드러나심을 저희는 믿습니다.

구름이 당신의 현현을 드러내는 상징이라면, 저희가 주님께서 하신 일을
행할 때마다 주님께서는 그 안에 다시 나타나심을 잊지 않게 하소서.
당신께서 친히 저희와 함께 일하고 계심을 깨닫게 하소서.
저희가 하는 것이 아니라 몸소 당신께서 오셔서 일을 하고 계심을
망각하지 않게 하소서.
그리하여 저희가 일하고 있는 것이 아니라
단지 저희는 도구가 되어 드린다는 것을 잊지 않게 하소서.
저희를 세상 만방으로 보내주소서.
당신께서 하신 일을 세상이 보고 당신을 믿고 당신께 나아가도록
저희를 도구로 써 주소서.
아멘.

　수많은 사람들과 엮이고, 지나치며, 정신없는 하루를 보내더라도, 가끔씩
고아인 것 같은 느낌이 들 때가 있다.
　세상에 나 혼자 떨어진 것 같고, 앞으로 어떻게 살아야 할지 막막한
느낌이 들 때 기억해야 할 것은, 그분이 바로 우리를 위해, 우리를 더욱
기쁘게 해주기 위해, 하느님 아버지께로 가셨고, 협조자이신 성령을
보내주셨다는 사실이다.

　솔솔 부르는 바람에도, 뭉게구름에도, 강렬한 햇살에도 당신이 있음을.
그래서, 우리는 혼자가 아님을 기억하고,
당신의 사랑스러운 도구가 되기 위해 오늘도 한발 한발 내딛습니다.

# 내 눈을 뜨게 하소서

주님의 기도 성당, 주님 눈물 성당

예루살렘 올리브 산에 있는 성당들의 순례가 계속되는 날.

이번에 향한 곳은 **주님의 기도 성당** Pater noster church
Pater noster(빠떼르 노스떼르)는 주님의 기도, 라틴어 첫 구절이다. 이 성당은, 〈거룩한 무덤 성당〉, 베들레헴에서 방문했던 〈주님 탄생 기념 성당〉과 함께 콘스탄티누스 시대의 3대 대성전으로 불린다

가르멜 수녀회에서 관리, 보존 중인데, 그래서인지 너무나 깔끔하고 아름다운 분위기였다.

하느님을 경배하는 장소인 올리브 산 정상에서, 예수님께서는 이렇게 기도하라며, 제자들에게 '주님의 기도'를 가르치셨다. 성당 마당에서 세계 각국어로 쓰인 〈주님의 기도〉를 만날 수 있다.

당연히 우리 한국어 기도문도 멋지게 자리하고 있다.

그리고, 성당 지하엔 예수님께서 가끔 머무시고 제자들에게 기도를
가르치셨다는 동굴 경당이 있다.

그 안에는, 예수님이 걸터앉으셨다는 바위도 놓여 있었다 이곳에서 우리 순례단 역시 다 함께 바쳤던 **주님의 기도**

> 하늘에 계신 우리 아버지,
> 아버지의 이름 빛나시며
> 아버지의 뜻이 하늘에서와 같이
> 땅에서도 이루어지소서.
> 저희에게 일용할 양식 주시고
> 저희에게 잘못한 이를 저희가 용서하오니,
> 저희 죄를 용서하시고
> 저희를 유혹에 빠지지 않게 하시고
> 악에서 구하소서

그리스도인이 되면, 아마 가장 많이 드리는 기도가 '주님의 기도'일 것이다. 그만큼 습관처럼 외워버리고, 흘려버리기 쉬운 기도일수도 있다. 하지만, 가장 완전하고 아름다운 기도라고 여겨지는 주님의 기도.

하느님 아버지를 찬양하며, 그 영광이 하늘과 땅 모두에서 이뤄지길 바라며, 하루를 살게 하는 일용할 양식을 주셔서 감사하고, 저희에게 잘못했던 사람들을 용서하니, 저의 잘못도 용서해주길 청하고, 유혹에 빠지지 않고, 악에서 구해주시기를 바라는 기도.

꼼꼼히 읽어보니, 무엇을 이루어 주시길 바란다는 세세하고 세속적인 기도들과 비교도 안 되게 품격 있는 기도문임을 느낄 수 있다.

아빌라의 성녀 데레사는 〈주님의 기도〉에 대해 이렇게 말씀하셨다.

"그 얼마나 숭고한 완전함이 이 기도 안에 담겨 있는지요! 이 기도를 지은 분의 거룩한 지혜를 이 안에서 얼마나 깊이 깨닫는지요! 이 기도에 대해 우리가 얼마나 감사해야 하는지요! 이 기도는 내가 찬탄할 수밖에 없게 만드니, 어쩜 이렇게 겨우 몇 마디 말씀 안에 온전함과 관상에 필요한 모든 것이 담겨 있는지요!"

그 아름다움을 간직하며, **주님 눈물 성당** Dominus Flevit church 으로 이동했다.

도미누스 플레빗(Dominus Flevit)은 라틴어로 '예수님이 눈물을 흘리시다'는 의미이다

　성당 건물 외관이 눈물방울 모양을 하고 있으며, 지붕의 네 귀퉁이에는
예수님의 눈물, 슬픔을 상징하는 항아리가 있다. 이곳에서 예수님이
예루살렘의 붕괴를 예언하고, 눈물을 흘리면서 설교했다.

　성당의 천장에선 마치 눈물이 떨어질 것 같았고, 제대 뒤엔 창문이 나
있는데, 창살 한 가운데 성작과 성체 문양이 새겨져 있었다. 이는
예수님의 희생과 죽음을 통해서 예루살렘을 비롯한 온 세상이
구원받았다는 것을 의미한다.

---
 🔖 ---

## 예루살렘의 멸망을 예고하며 우시다 (루카 19,41-44)

예수님께서 예루살렘에 가까이 이르시어 그 도성을 보고 우시며 말씀하셨다. "오늘 너도 평화를 가져다주는 것이 무엇인지 알았더라면 ……! 그러나 지금 네 눈에는 그것이 감추어져 있다. 그때가 너에게 닥쳐올 것이다. 그러면 너의 원수들이 네 둘레에 공격 축대를 쌓은 다음, 너를 에워싸고 사방에서 조여들 것이다. 그리하여 너와 네 안에 있는 자녀들을 땅바닥에 내동댕이치고, 네 안에 돌 하나도 다른 돌 위에 남아 있지 않게 만들어 버릴 것이다. 하느님께서 너를 찾아오신 때를 네가 알지 못하였기 때문이다."

--- 🔖 ---

예수님께서 눈물을 흘리시며 애태우셨던 그 장소는, 마치 전망대처럼 예루살렘 전체를 조망할 수 있다. 그러니, 성전이 있던 곳에 이슬람 황금돔 사원이 자리하고 있음이 너무나도 또렷이 보인다.

황금돔 사원은 이슬람교 창시자 마호메트 승천을 기념하고 있다. 하지만, 그 곳은, 예루살렘 성전이었으며, 더 한참을 거슬러 올라가면, 창세기에 등장하는 내용, 신앙의 조상 아브라함이 아들 이사악을 번제물로 바치려 했다가, 눈을 들어보니 숫양이 마련되어 있어 '주님이 마련해주신다'는 '야훼 이레'가 실현된 곳인데, 이제는 이슬람 성지가 되었으니, 무슬림이 아니라면 무장 경찰과 동행해야 하는 제약이 생겨버렸다.

예수님의 '예루살렘의 성전이 파괴되리라'는 예언은, 70년경에 이루어졌다. 로마의 타투스 장군에 의해 성전이 불타버린 후, 유대인들은 아예 예루살렘에 출입금지를 당한다. 로마인들은 선심 쓰듯 일주일에 한번만 출입을 허락했고 유대인들은 무너진 성전에서 유일하게 남은 서쪽 벽면, 바로 '통곡의 벽'에 머리를 찧고 통곡을 했다. 그 모습은 지금도 만날 수 있다. 그렇게도 지키려 했던 것이 허무하게 무너진 마음을 무엇으로 설명할 수 있을까. 그리고, 1948년 이스라엘이라는 이름과 영토를 되찾기까지 얼마나 슬프고 참담한 시간을 보냈던가.

뮤지컬과 영화로 많은 사랑을 받았던 작품 〈지붕위의 바이올린〉을 보면, 러시아 시골마을에 사는 유대인들이 모습이 나온다. 퇴거명령이 떨어진 유대인 마을의 바람 잘 날 없는 현실을 영화에서 조금 느껴봤던 기억이 있다. 우여곡절을 겪으며 살아온 민족, 그들은 현재, 황금돔 사원을 보며 어떤 생각을 하고 있을까

항상 깨어 있어야 한다는 생각이 다시 들었다. 참담한 아픔은 언제든 찾아 올 수 있는 것이다. 그럴 때 내 고집을 내세우며 바꾸지 않으면, '진짜'를 받아들이고 발견하기가 어렵다.
예수님은 제발 깨어있으라고 하셨다. 나 역시, 나만의 고정관념에 사로잡혀 세상을 보고 있지 않은지 다시 돌아보게 된다.

# 나와 함께 해 주세요

겟세마니 대성당

다음 성지는, 예수님의 아픔, 고통이 묻어 있고, 제자들이 깨어 있지 못했던 곳. 겟세마니 Gethsemane

예수님께서 체포 직전에 기도하셨다고 전해지는 겟세마니 정원에 세워진 성당. 세계 건축물 가운데 가장 아름다운 성당 중 하나인 이곳은 '고뇌의 대성당'이라고 불렸고, 재건축할 때 16개국이 참가해서 '모든 민족들의 대성전'이라고도 불린다.

성당 외부만큼이나 내부도 웅장했다. 특히 제대 아래에는 예수님께서 기도하실 때 흘리신 피땀이 떨어졌다는 돌이 놓여 있었다.

예수님의 고통이 더 크게 다가오는 십자가상

그리고, 성당 마당 정원엔 2천 년 된 나무들이 아직도 자리하고 있었다. 저 나무는 2천 년 전, 이곳 겟세마니 정원에서 유다 이스카리옷의 배반으로 예수님께서 잡히시던 장면을 보았을 것이다. '침묵의 목격자'인 저 나무가 아직도 생명을 지키고 있는 건, 우리 역시, 예수님의 수난을 잊지 말고 기억하라는 메시지이다.

침묵의 목격자인 나무

예수님께선 이곳에서 "나와 함께 깨어 기도하자"라고 하셨다. 하지만 제자들은 잠에서 깨어나기가 힘들었다.

———— 🔖 ————

### 겟세마니에서 기도하시다 (루카 22,39-46)

예수님께서 밖으로 나가시어 늘 하시던 대로 올리브 산으로 가시니, 제자들도 그분을 따라갔다. 그곳에 이르러 예수님께서는 제자들에게, "유혹에 빠지지 않도록 기도하여라." 하고 말씀하셨다. 그러고 나서 돌을 던지면 닿을 만한 곳에 혼자 가시어 무릎을 꿇고 기도하셨다. "아버지, 아버지께서 원하시면 이 잔을 저에게서 거두어 주십시오. 그러나 제 뜻이 아니라 아버지의 뜻이 이루어지게 하십시오."
그때에 천사가 하늘에서 나타나 그분의 기운을 북돋아 드렸다. 예수님께서 고뇌에
싸여 더욱 간절히 기도하시니, 땀이 핏방울처럼 되어 땅에 떨어졌다. 그리고
기도를 마치고 일어나시어 제자들에게 와서 보시니, 그들은 슬픔에 지쳐 잠들어
있었다. 예수님께서 그들에게 이르셨다. "왜 자고 있느냐? 유혹에 빠지지 않도록
일어나 기도하여라."

——— 🔖 ———

　연일 이어졌던 빡빡한 일정에 제자들이 너무나 피곤해 잠이 쏟아졌던 건
인간적인 마음으로 이해가 된다. 하지만, 다가올 엄청난 상황을 혼자 다
안고 계셔야 했던 예수님의 힘겨움이 더욱 아프게 다가온다.

　성당 아래쪽에 동굴 경당이 있었다. 이곳이, 성경에 나온 것처럼 '돌을
던지면 닿을 만한 곳'일까. 여기에서 예수님께서는 혼자 기도하고 있다가
로마 병사들에게 체포되셨다. 유다는 예수님이 평소 이곳에서
기도하신다는 걸 잘 알고 있었기에, 예수님을 잡으러 온 병사들을 안내할
수 있었다고 한다.

지하 동굴 경당으로 내려가, 예수님의 절절한 기도가 담긴 복음을 들었다

그런 다음 앞으로 조금 나아가 얼굴을 땅에 대고 기도하시며 이렇게 말씀하셨다. "아버지, 하실 수만 있으시면 이 잔이 저를 비켜 가게 해 주십시오. 그러나 제가 원하는 대로 하지 마시고 아버지께서 원하시는 대로 하십시오." 그리고 나서 제자들에게 돌아와 보시니 그들은 자고 있었다. 그래서 베드로에게 "이렇게 너희는 나와 함께 한 시간도 깨어 있을 수 없더란 말이냐? 유혹에 빠지지 않도록 깨어 기도하여라. 마음은 간절하나 몸이 따르지 못한다." 하시고, 다시 두 번째로 가서 기도하셨다. "아버지, 이 잔이 비켜 갈 수 없는 것이라서 제가 마셔야 한다면, 아버지의 뜻이 이루어지게 하십시오." (마태 26,39-42)

 예수님이 온전한 신이라면 왜 이 상황을 피하지 않았냐는 질문을 하는 사람들이 많다. 하지만, 예수님께선, 다름 아닌, 하느님 아버지의 뜻이기에 그대로 따르셨다. '하실 수만 있다면 비켜가게 해 달라'는 기도까지 드렸던 예수님. 하지만, 수난, 죽음, 부활을 통해 영광이 드러나고, 그게 바로 하느님 아버지의 뜻이란 걸 아셨기에, 결국 모든 걸 받아들이게 되신다.

내 뜻이 아닌 하느님 아버지의 뜻.
왜 이래야 하냐며 반항도 하고 싶고, 따르고 싶지 않을 때도 많지만, 과정은 힘들어도 분명, 나를 통해 영광을 드러내 주실 분이 바로, 하느님이시기에, 예수님의 절절했던 그 기도를 다시 마음이 새기며
오늘을 살아가 보려 합니다.

언젠가 알게 되는 진실

거룩한 무덤 성당

겟세마니 대성당 방문의 여운을 안고,
예수님께서 결국 돌아가시어 묻히셨던 곳, **거룩한 무덤 성당**으로 이동했다.

거룩한 무덤 성당 Church of the Holy Sepulchre

이곳은 예수님께서 묻히신 곳이지만, 예수님 부활 이후 예루살렘을 정복한 로마의 하드리아누스 황제 때 깎여지고 메꾸어져서, 로마 신전과 함께 주피터, 비너스 상이 세워지고 말았었다. 콘스탄티누스 대제의 어머니인 헬레나 성녀는 324년 예루살렘으로 성지순례를 왔고, 주피터와 비너스 신전이 자리하고 있는 곳이 골고타와 예수님의 무덤이라는 이야기를 전해 듣고 나서, 황제에게 복구의 도움을 청하게 된다. 그 후 326년 콘스탄티누스 황제에 의해 신전은 헐리고, 예수님의 무덤을 발굴하여 기념 성전이 세워졌다.

하지만 이후에도 전쟁, 자연재해 등으로 파손되었다 복구되기를 반복했고, 각 종교들은 이곳의 소유권을 놓고 치열하게 다툼을 벌여왔다. 예수님이 바라시는 건 그게 아니었을 텐데, 자리다툼은 의미가 없는 것인데, 그래서 예수님이 십자가를 지신 것인데, 더 넓게 보지 못하는 부족함은 쉽게 사라지지 않는다.

**예수님 탄생 성당**과 마찬가지로, 이 곳 역시, 그리스도인들에겐 너무나도 중요한 징소이기에, 그 누구도 양보할 수 없다는 마음은 이해되지만, 예수님께서 하느님 아버지께로 떠나시기 전, **교회 공동체가 일치하기를 바라며 기도하셨던 그 절절함**을, 이 시대를 살고 있는 전 세계 그리스도인들이 다시 생각해보면 좋겠다는 마음이다.

어찌 됐든 이곳은 1959년 로마 가톨릭, 정교회, 아르메니아가 합의해서 재건 보수가 시작되었고, 현재 이곳의 소유권은, 가톨릭, 정교회, 오리엔트 정교회인 아르메니아 사도 교회, 시리아 정교회, 콥트 정교회, 에티오피아 테와히도 정교회 이렇게 6곳이 공동으로 갖고 있다
그래서 뭐 하나 결정해서 움직이는 게 그렇게 어렵다고 한다. 가톨릭은 대문을 담당하고, 창문은 시리아 정교회가, 창문 난간은 그리스 정교회가, 이런 식으로 나누어 관리하는데, 그러다 보니, 창문이 낡아서 고치는 것도, 화장실 보수도, 모두의 의견이 모아져야 비로소 진행되는 것이다.

　이곳은 아리마태아 출신 요셉, 니코데모가 예수님의 시신을 모셔다가 유대인들의 장례관습에 따라 향료와 함께 아마포로 감쌌던 너무나 슬픈 장소이다.

　그런데, 돌아가신 예수님이 묻히신 곳이기도 하지만, 돌아가셨다가 사흘 만에 부활하셨기에 빈 무덤이 된 곳, 즉 아무도 생각못했던 기쁜 부활의 증거 장소이기도 하다.

———— 🔖 ————

　안식일이 지나자, 마리아 막달레나와 야고보의 어머니 마리아와 살로메는 무덤에 가서 예수님께 발라 드리려고 향료를 샀다. 그리고 주간 첫날 매우 이른 아침, 해가 떠오를 무렵에 무덤으로 갔다. 그들은 "누가 그 돌을 무덤 입구에서 굴려 내 줄까요?" 하고 서로 말하였다. 그러고는 눈을 들어 바라보니 그 돌이 이미 굴려져 있었다. 그것은 매우 큰 돌이었다. 그들이 무덤에 들어가 보니, 웬 젊은이가 하얗고 긴 겉옷을 입고 오른쪽에 앉아 있었다. 그들은 깜짝 놀랐다. 젊은이가 그들에게 말하였다. "놀라지 마라. 너희가 십자가에 못 박히신 나자렛 사람 예수님을 찾고 있지만 그분께서는 되살아나셨다. (마르 16,1-6ㄴ)

———— 🔖 ————

여인들이 갔더니 이미 무덤 입구 큰 돌이 굴려져 있었고, 그분이 되살아 나셨다는 소식을 천사로부터 듣게 된 곳!

　매년 수백 명이 찾는다는 이곳은 우리가 방문한 시간에도 수많은 단체 순례자들이 줄을 예수님 무덤에 들어가 보기 위해 줄을 섰다.
　심지어 너무 많은 사람들이 한꺼번에 몰려서, 내 몸이 기둥으로 밀리고, 찌그러지고, 출퇴근 시간 버스나 지하철에서 사람들에게 시달리는 느낌을 그대로 겪었다. 한 시간 가까이 줄을 섰는데, 너무나 지치고 힘든 순간이었다. 조금만 줄을 더 서 있으면 쓰러질 것 같은 느낌도 들었다.

예수님 돌무덤 입구

줄 서는 동안 사람들에게 시달리며 짜증이 올라왔는데, 그 시간을 지나, 예수님 묻히셨던 돌무덤 앞에 무릎 꿇어 경배하니, 울컥함이 올라왔고, 짜증냈던 마음이 반성되었다. (내부는 촬영이 안 되어요)

돌아가셔 묻히셨던 슬픔의 장소지만, 갑자기 비어있게 되며, 부활의 증거 장소가 되는 아이러니! 돌아가시는 순간 모든 게 끝나는 줄 알았는데, 그 어떤 것보다 영광스러운 순간이었다는 걸 깨닫는 건, 잠시 **시간이 흐른 후, 나중**이었다. 당시의 유대인들이나 예수님 제자들조차, 예수님의 고통, 수난, 죽음은 그걸로 실패라 느꼈고, 두려웠다. 그래서, 제자들은 모두 도망갈 수밖에 없었을 것이다.

우리 역시, 삶의 여러 가지 일들을 표면적으로만 볼 때가 너무나 많다. 지금 힘들고, 쓰러졌고, 외면 받았으니, 그건 승패에서 진 것이고, 당장 선택받은 것만 이겼다고 생각하는 것. 그것이 오류가 될 수 있다는 것을 예수님께서 몸소 보여주셨다.
**고통스러운 죽음 이후에 부활이 올 수 있으니, 지금 고통스럽다고 패자의 마음을 가질 필요가 없다는 것.** 이걸 잊지 말아야겠다.

# 너는 내가 되고
# 나도 니가 될 수 있었던

베드로 통곡 성당, 최후의 만찬 기념 성당 미사

다음 간 곳은, **베드로 통곡 성당** Saint Peter in Gallicantu

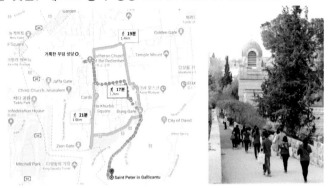

Dominus custodiat introitum tuum
et exitum tuum. Ps 121.

　이 곳은 **베드로 통곡 성당**이라고도 하고, **베드로 회개 기념 성당, 닭울음
성당**이라고도 한다. 경비병들에게 잡히셨던 예수님은, 대사제 카야파의
집터였던 이곳으로 인도되어 오시어, 그날 밤을 묶인 채 집안 지하
감옥에서 지새우신다. 그리고, 다음날 빌라도 총독에게 보내지신다.
　무시무시한 상황의 순간, 예수님을 누구보다 따랐던 베드로지만, 어쩔 수
없이 두렵고 무서웠을 것이다. 그렇게 베드로는 시험을 받았고, 예수님을
부인했고, 통곡하며 울고 말았다.

그런데 어떤 하녀가 불 가에 앉은 베드로를 보고 그를 주의 깊게 살피면서 말하였다. "이이도 저 사람과 함께 있었어요." 그러자 베드로는 "이 여자야, 나는 그 사람을 모르네." 하고 부인하였다. 얼마 뒤에 다른 사람이 베드로를 보고, "당신도 그들과 한패요." 하고 말하였다. 그러나 베드로는 "이 사람아, 나는 아닐세." 하였다. 한 시간쯤 지났을 때에 또 다른 사람이, "이이도 갈릴래아 사람이니까 저 사람과 함께 있었던 게 틀림없소." 하고 주장하였다. 베드로는 "이 사람아, 나는 자네가 무슨 말을 하는지 모르겠네." 하고 말하였다. 그가 이 말을 하는 순간에 닭이 울었다.
(루카 22,56-60)

⎯⎯ 🔖 ⎯⎯

베드로가 닭이 울기 전, '나는 그를 모르오'라고 세 번 부인했다는, 그 순간을 담아놓은 조각상.

성당 안에 있는 두 개의 성화 비교가 흥미로웠다 다. 두 개 다 예수님과 베드로가 마주 보고 있는 상황인데, 하나는 예수님을 모른다고 부인하는 장면이다 보니, 베드로 머리에 윤광이 없고, 하나는 부활하신 예수님과 만나는 장면이니 베드로 성인 머리에 윤광이 있다.

잘못을 깨닫고, 울고, 회개하고, 그렇게 다시 거듭나고. 그 어려운 과정을 지나고, 베드로는 예수님께 교회 수위권을 받게 되었다.

성당 안에는, 예수님이 묶인 채 하루를 지새우셨다는 지하 감옥이 보존되어 있었다. 위에서 보니, 저렇게 작은 구멍뿐이었다.

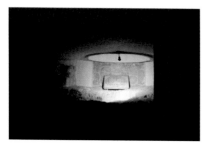 

그리고, 아래로 내려갈 수 있어서, 2천 년 전 좁고 어두웠을 그곳에 섰고, 우리는 복음을 들었다. 이곳에서 예수님도 서 계셨을 것이다.

성당 마당 담벼락에는, 예수님이 묶이신 채 끌려가는 모습이 새겨진 조각판이 있었다.

수많은 기적을 일으키고, 불가능이 없을 것 같았던 분. 나병환자를 고치고, 호수 위를 걷고, 물고기 두 마리와 빵 다섯 개로 오천명을 먹이셨는데. 제자들은 이토록 엄청난 능력을 지닌 분이, 당당하고 강렬하게 세상을 바꿔주시길 바랐을 것이다. 메시아가 저렇게 끌려가는 모습은 상상조차 할 수 없었을 것이다.

현실에서 만나는 일들이 이해 안 될 때가 너무나 많다. 그래서 누구든 잘못된 판단을 할 수도 있다. 베드로처럼 모른다고 얘기하는 거, 누구든 그럴 수 있는 것이다. 그렇게 혼란스러울 때 해야 할 일은, 두렵지만, 잠시 멈추고, 잘못을 인정하고, 회개하는 것.
돌아와 재정비 하는 순간, 미처 보지 못했던 영광이 찾아오지 않을까.

빡빡했던 하루를 마무리하는 미사를 드리러 **최후의 만찬 기념 성당** ad cenacle 으로 향했다. 이곳은 항상 개방하지 않고, 미사를 드리러 온 사람들이 초인종을 눌러야 문을 열어준다.

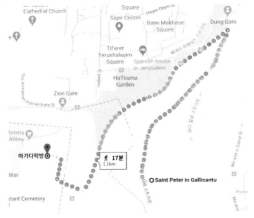

지도에 마가 다락방이라고 표시되어 있는 곳이 최후의 만찬 기념 성지

189

최후의 만찬 기념 성당 제대

오붓하게 우리 팀만 미사를 드릴 수 있어 더 좋았던 시간.
제자들과의 마지막 만찬, 최후의 만찬에서, 예수님은 현재 우리가 미사를
통해 예수님을 만날 수 있는 '성체성사'를 제정하셨다

---

### 성찬례를 제정하시다 (마르 14,22-26)

그들이 음식을 먹고 있을 때에 예수님께서 빵을 들고 찬미를 드리신 다음, 그것을 떼어 제자들에게 주시며 말씀하셨다. "받아라. 이는 내 몸이다." 또 잔을 들어 감사를 드리신 다음 제자들에게 주시니 모두 그것을 마셨다. 그때에 예수님께서 그들에게 이르셨다. "이는 많은 사람을 위하여 흘리는 내 계약의 피다. 내가 진실로 너희에게 말한다. 내가 하느님 나라에서 새 포도주를 마실 그날까지, 포도나무 열매로 빚은 것을 결코 다시는 마시지 않겠다." 그들은 찬미가를 부르고 나서 올리브 산으로 갔다.

---

미사를 드리는 것은 '식탁 공동체'. 즉, 함께 먹고 마시는 것이다.
무엇을 먹는다는 건 굉장히 중요한 일이다. 왜냐면 '먹는다'는 건, 내 몸에 들어온 것과 내가 하나로 합쳐지는 것이기 때문이다. 빵을 먹거나, 고기를 먹거나, 무엇이든 먹은 것은 내 안에 들어와 나와 결합해서, 바로, 내가 된다.
즉, 예수님의 몸이 내 안에 들어오는 순간, 나와 예수님은 하나가 되는 것이다.


사랑하면 맨날 같이 있고 싶어지니까, 예수님께서 우리와 계속 같이 있고 싶으셔서 성찬례를 제정하신 거란 얘기를 들은 적 있다.
같이 있고 함께 있으며, 그렇게 그대가 내가 되고 내가 그대가 되는 사랑. 성지순례에서 더 강하게 알게 된 함께하는 것의 소중함.
그래서, 지금 이 순간도 예수님은 내 안에 계신다.

그리워하면 언젠가 만나게 되는

십자가의 길

예루살렘에서의 마지막 날, 새벽 5시에 일어나 '십자가의 길' 기도를 하게 되었다. 숙소인 '단 예루살렘 호텔'에서, 십자가의 길 지점 [라틴어로 비아 돌로로사 (Via Dolorosa), 혹은 비아크루시스 (Via crucis)]까지, 새벽 공기를 가르며 찾아갔다.

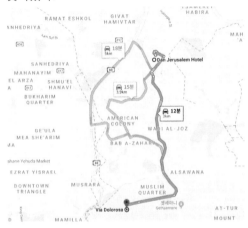

'슬픔의 길' 혹은 '고난의 길'로 불리기도 하는 **'십자가의 길'**은 예수님께서 돌아가시기 전 십자기를 지고 걸었던 '수난의 길'을 말한다.

가톨릭 신자들은, 이 길을, 14개의 묵상, 14처로 나누어 기도하며 걸어간다. 보통 이 기도는, 부활절 전의 40일, 사순시기 금요일마다 하도록 권유되고 있으며, 대부분의 성당에는 십자가의 길 14개의 그림이 성전 벽면에 붙여져 있거나, 마당에 놓여 있다.

매번 동네 성당에서만 하던 십자가의 길 기도를, 예수님께서 직접 힘겹게 걸었던 그 길에서 하게 되다니, 그것만으로도 마음이 아리면서도, 영광스럽고, 소중한 순간이었다.

　예루살렘 '십자가의 길'은, 예수님의 본시오 빌라도 재판이 이루어진 장소부터 십자가를 지고 골고타 언덕을 향해 걸었던 약 800m의 길과, 골고타 언덕에서 십자가 처형에 이르는 전 과정이 담긴 역사의 현장이다.

　이 길은 14세기 프란치스코 수도사들에 의해 비로소 정해졌으며, 오늘날 순례자들이 기도하는 14처의 지점은, 18세기에 확정되었다. 그리고, 사순시기와 상관없이, 이곳에선 매주 금요일 순례자늘과 함께 십지가 수난을 기리는 의식이 거행되고 있다.

십자가를 지고 이 골목을 걸으셨던 예수님.

오로지 하느님 아버지 뜻에 따라, 고통, 수난, 죽음, 그 길을 가야만 영광스러운 부활을 맞이할 수 있기에, 도저히 인간적인 차원에선 이해할 수 없는 그 일을 묵묵히 받아들이셨던 그 마음을 어찌 헤아릴 수 있을까. 그 마음의 반의 반의 반만이라도 느껴보고자, 한 지점 한 지점마다, 마음 다해 기도했던 시간.


✝ 주 예수님,
◎ 저희를 위하여 온갖 수난을 겪으신
　　주님의 사랑을 묵상하며
　　성모님과 함께
　　십자가의 길을 걷고자 하나이다.
　　저희에게 죄를 뉘우치고
　　주님의 수난을 함께 나눌 마음을 주시어
　　언제나 주님을 사랑하게 하시며
　　성직자들을 거룩하게 하시고
　　모든 죄인이 회개하도록 은혜를 내려주소서.
◎ 어머니께 청하오니 제 맘속에 주님 상처 깊이 새겨주소서.


제1처 예수님께서 사형 선고받으심을 묵상합시다.
제2처 예수님께서 십자가 지심을 묵상합시다.
제3처 예수님께서 기력이 떨어져 넘어지심을 묵상합시다.

제4처 예수님께서 성모님을 만나심을 묵상합시다.
제5처 시몬이 예수님을 도와 십자가 짐을 묵상합시다.

제6처 베로니카, 수건으로 예수님의 얼굴을 닦아드림을 묵상합시다.
제7처 기력이 다하신 예수님께서 두 번째 넘어지심을 묵상합시다.
제8처 예수님께서 예루살렘 부인들을 위로하심을 묵상합시다.

제9처 예수님께서 세 번째 넘어지심을 묵상합시다.

그리고, 10처부터 14처까지는 예수님께서 처형되신 곳, 골고타 언덕 위 거룩한 무덤 성당(Church of the Holy Sepulchre) 안에 있었다.

제10처 예수님께서 옷 벗김 당하심을 묵상합시다.
제11처 예수님께서 십자가에 못박히심을 묵상합시다.

예수님 못 박히셨다는 바로 그 자리.
십자가 아래에 깊은 구멍이 있는데, 그곳에 예수님의 성혈이 떨어졌다고
한다. 그곳에 손을 넣어 눈을 감은 채 기도.
'우리를 위해 이 모든 걸 마련해 주셔서 감사합니다.'


제12처 예수님께서 십자가 위에서 돌아가심을 묵상합시다.
제13처 제자들이 예수님 시신을 십자가에서 내림을 묵상합시다.

예수님 시신을 내려놓고 염을 했다는 돌이 놓여있었다.
수많은 순례자들이 그곳에 손을 대고 경배하며 눈물을 흘렸다.

제14처 예수님께서 무덤에 묻히심을 묵상합시다.

예수님 돌무덤 입구

그리고, 예수님 묻히셨다가 부활하신 그 앞에서, 현장에 있는 각국의 순례자들과 함께 미사를 봉헌했다.

영광스러운 부활을 맞이하기 위해, 먼저 있어야 하는 건 죽음이다. 죽음이 있어야 부활도 있는 것.

왜 그냥 영광스러운 일만 생기면 안 되는 건지, 꼭 그 앞에 죽음이라는 고통스럽고 아픈 순간이 있어야 하는 건지, 받아들이기 싫을 때가 많다.

우리의 삶도 마찬가지인 듯하다. 새롭게 거듭나려면, 한 단계 성장하려면, 한번 죽었다 살아나는 고통의 시간이 있어야 한다는 걸, 이스라엘 다녀와서 조금씩 알아가고 있는 중이다.

고통스럽고, 어려운 시간이 찾아왔을 때, 할 수 있는 건 기도밖에 없으니, 기도하며, 그 뜻을 찾아가며, 그렇게 걷다 보면, 하느님의 뜻과 나의 뜻이 만나는, 영광의 순간을 맞이할 수 있지 않을까

그래서 오늘도 기도합니다. 아멘.

# 은총이 가득한 당신, 기뻐하소서

성안나 성당, 최후의 만찬 다락방, 성모영면성당

이제 성지순례의 막바지

스테파노 성문을 통과해 예루살렘 성 안으로 들어갔다

이곳은 **안나 성당** St. Anne's Church
성모님의 부모인 요아킴 성인과 안나 성녀의 집터가 있었던 곳에 세워진
성당이다. 이 성당 안의 동굴에서 성모님이 태어나셨다

안나 성녀와 함께 계신 어린 소녀 마리아

이 성당은 벽이 굉장히 두껍고 창문이 작고, 아치형 돔으로 지어져서 울림이 굉장히 좋다. 그래서, 노래를 부르면 성딩 전체에 아름다운 소리가 가득해진다.

우리 순례단 성가팀과 신부님, 인솔자가 함께 성가를 불러 현장에 있던 다른 나라 순례자들에게 큰 박수를 받았다.

그리고, 안나 성당 앞에는 요한복음에 등장하는 벳자타 연못 터가 있다. 이곳은 원래 빗물 저장소이며 물은 제사 때 받치는 양을 씻는 데 사용되었다. 이곳에서 예수님은 38년간 앓고 있던 병자를 고쳐주셨다.

───── 🔖 ─────

예루살렘의 '양 문' 곁에는 히브리 말로 벳자타라고 불리는 못이 있었다. 그 못에는 주랑이 다섯 채 딸렸는데, 그 안에는 눈먼 이, 다리저는 이, 팔다리가 말라비틀어진 이 같은 병자들이 많이 누워 있었다. 그들은 물이 움직이기를 기다리고 있었다. 이따금 주님의 천사가 그 못에 내려와 물을 출렁거리게 하였는데, 물이 출렁거린 다음 맨 먼저 못에 내려가는 이는 무슨 질병에 걸렸더라도 건강하게 되었기 때문이다. 거기에는 서른여덟 해나 앓는 사람도 있었다. 예수님께서 그가 누워 있는 것을 보시고 또 이미 오래 그렇게 지낸다는 것을 아시고는, "건강해지고 싶으냐?" 하고 그에게 물으셨다. 그 병자가 예수님께 대답하였다. "선생님, 물이 출렁거릴 때에 저를 못 속에 넣어 줄 사람이 없습니다.

그래서 제가 가는 동안에 다른 이가 저보다 먼저 내려갑니다." 예수님께서 그에게 말씀하셨다. "일어나 네 들것을 들고 걸어가거라." 그러자 그 사람은 곧 건강하게 되어 자기 들것을 들고 걸어갔다. 그날은 안식일이었다.(요한 5,2-9)

———— 🔖 ————

서로 이곳에 제일 먼저 들어가서 병을 고치고 싶었던 사람들. 다른 사람의 아픔은 살피지 못하고 내가 아픈 것에만 전전긍긍하는 사람들. 그리고 걷지도 못해서 누군가 연못에 넣어수기만 기다린 사람! 그야말로 연못을 둘러싼 비극이다. 우리 사는 모습도 비슷하지 않을까? 병이 먼저 낫고 싶어서 연못에 들어가기 바쁜 사람들처럼, 남보다 잘되려고 앞서고 싶어 하는 우리들.


그리고, 이어서 방문한 곳은
**최후의 만찬 방** Room of the Last Supper- Coenaculum, 전날 미사를 드렸던 성당의 뒤편에 있는 다락방이다.
예수님이 로마군에 체포되어 돌아가시기 전날 12명의 제자와 함께 마지막 만찬을 나눈 방으로 전해지고 있으며, 제자들이 예수님 돌아가신 후 어떻게 할 것인지 몰라 했을 때도 이곳에 머물렀을 것이라고 한다. 그리고, 오순절 성령강림 때 성모님은 제자들과 여기에 계셨다.

오순절이 되었을 때 그들은 모두 한자리에 모여 있었다. 그런데 갑자기 하늘에서 거센 바람이 부는 듯한 소리가 나더니, 그들이 앉아 있는 온 집 안을 가득 채웠다. 그리고 불꽃 모양의 혀들이 나타나 갈라지면서 각 사람 위에 내려앉았다. 그러자 그들은 모두 성령으로 가득 차, 성령께서 표현의 능력을 주시는 대로 다른 언어들로 말하기 시작하였다. (사도 2,1-4)

이곳 기둥에는 펠리컨 새가 조각되어 있는데, 성 토마스 성체 찬미가 중에 '사랑 깊은 펠리컨'이란 말이 나온다. 펠리컨은 새끼를 살리기 위해 자신의 가슴을 부리로 쪼아서 피를 흐르게 한 다음 새끼에게 먹인다. 예수님께서 직접 피를 흘리시어 우리를 구원하셨기에, 상징적인 새 펠리컨을 기둥의 윗부분에 조각하여 놓았다.

이어서 간 곳은 **Dormition Abbey 성모 영면 성당**

전승에 의하면, 성모님이 사도 요한과 터키에 계시다가, 임종에 가까워서는 다시 이곳 예루살렘으로 돌아온 후 시온에서 임종했다고 한다.

성당 바닥에는 세 개의 원이 서로 교차하며, 삼위일체를 상징하는 모자이크가 있다. 그리고, 예언자 다니엘, 이사야, 예레미야, 에제키엘과 열두 사도의 이름을 포함하여, 그리스도교 신앙에 대한 찬사가 주변을 둘러싸고 있으며, 이 모자이크는 다시 열두 개의 별자리 기호에 둘러싸여 있다

**'말씀이신 삼위일체 주님이 제자들과 예언자들로부터 선포되어 온 우주에 이른다'**는 걸 표현하고 있다.

그리고 이 성당의 하이라이트

　성당 지하에는, 실물 크기의 성모 마리아님이 영면하신 모습이 놓여있었다. 아무 생각 없이 내려갔다가 누워계신 성모님을 보니 눈물이 끝없이 흘렀다.

그리고 다 함께 바쳤던 기도

> 묵주기도 영광의 신비 4단
> 예수님께서 마리아 어머니를 하늘에 불러올리심을 묵상합시다

그리스도의 어머니로 그 모든 걸 보고 겪었던 분인 만큼, 누구보다 아름답게, 때론 가슴 아프게 사신 분. 그리고 이제는 우리 한 명 한 명의 기도를 예수님께 차근차근 잘 설명해주시며 마음을 내어주시는 사랑의 어머니.

내가 힘들 때 함께 기도해 주는 분이 있다는 사실이 얼마나 힘이 되는지 모른다. 불안하고 두려울 때 묵주를 손에 쥐고, '은총이 가득하신 마리아님'을 부르면, 나도 모르게 편안한 기분이 들며 어느 순간 스르르 잠이 온다.

우리가 기도하다가 졸면, 우리 대신 기도해주시는 당신이 있어 든든합니다.

# 감사하고 사랑합니다

순례는 계속 됩니다

순례의 마지막은, 공항 가기 직전에

야포에 있는 **베드로 성당** St. Peter's Church

이스라엘의 최대 번화가 텔아비브 야포(Yafo) 해변에 위치한 성당.
날씨가 약간 흐렸지만, 나름 운치 있었다.

무탈하고 행복했던 순례에 감사드리며, 함께 드린 마지막 미사.
그리고, 텔아비브 공항으로 와서, 한국으로 가는 비행기에 몸을 실었다

함께 한 서울대교구 가톨릭 청년성서모임 성지순례단, 감사합니다

　이스라엘은 종교를 떠나서 방문하는 사람들에게 많은 선물을 안겨주고 있었다. 하느님께서 약속한 땅이지만, 오랜 세월 아픔도 많이 겪었고, 분쟁도 많이 일어났던 곳. 그 곳에 운명처럼 메시아가 찾아왔고, 사랑을 주셨고, 그 덕에 우리 모두는 하나가 되었다.

　성지순례를 통해, 이 엄청난 역사적 종교적 사실을 오감으로 체험하며 좀 더 겸손한 마음과, 감사함을 가질 수 있었다. 그리고, 이스라엘 곳곳마다 얼마나 많은 영광과 은총이 숨어있는지 깨달을 수 있는 시간이었고, 그러니, 내가 혼자가 아니란 것도 알게 된 시간이었다.

　작은 나라 이스라엘에서 시작한 그리스도교 신앙은, 말 그대로 기적처럼, 이제 전 세계인의 종교가 되어, 수많은 이들의 삶을 지탱해주고, 살아가는 이유가 되어주고 있다.

　만약 이스라엘을 다시 찾는 기회가 온다면, 더 깊은 마음으로 감사, 찬미를 올릴 수 있을 듯 하고, 머지않은 때에, 예수님을 전 세계에 알린 제자들의 절절한 흔적도 따라가는 성지순례를 할 수 있길 바라며,

감사하고, 사랑합니다.